霜月さんはモブが好き⑤

著：八神鏡
イラスト：Roha

GCN文庫

口絵・本文イラスト／Roha

プロローグ
後日談

色々なことを乗り越えて、二人は恋人となりましたとさ。
めでたし、めでたし。

……もう、モブキャラがメインヒロインと結ばれるための恋物語は幕を閉じている。
独善的でわがままなハーレム主人公は成長し、普通の少年に戻った。
自称クリエイターの道化は牙を抜かれ、あらゆる権能を失った。
トラウマだった過去の鎖は、不器用な愛の因果でしかなく。
新たな敵として設定された新ヒロインでさえ、味方となり二人を応援した。
物語が二人を祝福している。
これ以上の苦難は訪れないと暗示するかのように……二人は幸せな関係を築いた。
ここから先、仮に試練を設定するのであれば、それはもう蛇足にすぎない。
霜月《しもつき》さんがモブを好きになって始まった物語は、モブが霜月さんを愛することにより、ハッピーエンドを迎えたのである。

このラブコメに引き延ばしはない。

たとえば、恋人という関係性に戸惑い、二人がぎくしゃくする……という展開を作ることは不可能ではないかもしれない。

しかしそれは、多くの人間が望まないし、好まないだろう。

なぜなら、もう二人が幸せなのだ。これ以上不幸にする意味がない。

だからこれは、後日談。

恋人になり、幸せになった霜月しほと中山幸太郎《なかやまこうたろう》が、ただただ穏やかな毎日を過ごすだけのお話である――。

第一話
のんびりスローライフ

最近、ゲームで遊ぶことが増えた。

特に休日は結構な時間を使ってやりこんでいる。

「あ……また失敗だ」

自分の部屋で、ゲームオーバーと書かれた画面を前に苦笑してしまった。やっぱりまだ慣れない……色々なジャンルをプレイしたけど、なかなか上達できなかった。

「難しいなぁ」

俺の部屋にゲーム機が持ち込まれたのはつい数か月前の話である。

高校二年生になった直後くらいのこと。

前まではリビングでゲームを遊んでいたしほが、急に俺の部屋でプレイするようになって……それからいつしか、俺も一緒にプレイするようになったのである。

「幸太郎《こうたろう》くんったら、へたっぴすぎてかわいいわ」

「できればかっこいいプレイがしたいんだけどね」

肩をすくめてため息をつくと、それがおかしかったらしい。

しほは肩を揺らして笑っていた。

「うふふ♪　幸太郎くんって普段はしっかりしてるけど、ゲームしてる時だけはポンコツね」

「だって、あんまり慣れてないから仕方ないと思う」

「うんうん。あと、そうやってちょっとだけ不機嫌そうなところも、見ていてすごく微笑《ほほえ》ましいもの。子供が拗《す》ねてるみたいで」

どうやら少しだけ感情が出ていたらしく、それをしほは楽しんでいるようだった。

「ほら、貸してみて。今度はわたしの番よ？　格の違いってやつを教えてあげるっ」

「またそうやってマウントを取るんだから……しほの悪い癖だよ？」

「えへへ～。マウントを取らせてくれる幸太郎くんが大好きだわ」

「そう言われたら悪い気分はしないけど。仕方ない、マウントを取らせてあげよう」

「わーい」

――と、こんな感じでしほとゲームする機会が増えている。

もともと彼女はゲーム好きで、俺の家でもよくやってはいた。

ただ、俺と一緒にやるということはほとんどなかったと思う。プレイを強要されることはなく、彼女はあくまで一人で遊んでいた。

しかし最近は違う。俺にもゲームをしてほしいとハッキリ言うようになった。

「……やっぱり、一緒にゲームをするのは楽しいわ」

俺がゲームオーバーになったステージを難なくクリアしながら、しほはぽつりとそんなことを呟《つぶや》く。

その言葉に、俺も同調するように頷いた。

「そうだね。俺も楽しいよ……あまり上達しないのは不服だけど」

「幸太郎くんならすぐに上手になるわ。あ、でもわたしより上手にならないでね？　今度はわたしが拗ねちゃうから」

「拗ねたしほもかわいいから大丈夫」

「あら。わたしの好感度を上げようとしてるのかしら。素敵なセリフだわ」

「よしよし、作戦成功だ。どれくらい上がった？」

「えっと……そうね、一億くらいかしら？　ちなみにすでにゲージはいっぱいだったから、上限突破よ」

「ちょろすぎない？　他人にすぐ騙《だま》されないようにね」

「大丈夫よ。ちょろいのは幸太郎くんにだけだから」

……いつものように、オシャベリをする。とりとめのない会話は途切れることなく延々と続いていた。

以前のような遠慮はもうどこにも存在しない。

お互いに、好きなことを、好きなように言えるようになったのだ。

しほが俺にゲームを薦めるようになったのもその影響だろう。

そして俺も、彼女に対して感情を出せるようになっている。それがたとえ負の方向性だとしても、しほを信頼しているからこそ隠さなくなった。

だって俺たちはもう、ただの友達じゃない。


中山幸太郎と霜月《しもつき》しほは『恋人』なのだ。


実は少しだけ心配していたことがある。

それは、俺たちが恋人になったことによって関係が『ぎこちなくならないか』ということだ。

今まで、友人という関係性でうまくいっていたのである。それが変化することによって、ギクシャクする可能性は捨てきれなかった。

しかし……正式に恋人になっても、俺たちの関係性は悪い方向には変化しなかった。

むしろ良くなっていると思う。遠慮がなくなり、隠し事も減り、お互いにお互いを信頼しているからこそ、自然体でいられる時間が増えた。

以前のようなつかず離れずの距離感も悪くはなかった。

でも、今はもうあの頃の温《ぬる》いだけで落ち着かない関係性には戻れない。

恋人という関係性は、すごく心地好《よ》かった——。

◆

「幸太郎くん、そろそろ夏休みなのは知ってる？」

休み明け、月曜日の朝。

しほと待ち合わせして登校している最中のこと。

「もちろん知ってるよ。しほが赤点を回避して補講を受けなくて良いことも知ってる」

「そうなの！　ちゃんとお勉強をがんばったからギリギリで回避して……って、話がそれてるわっ。こほん、夏休みだと知っているのなら、つまりデートに行きましょうって言いたいの」

朝から元気なセミの声に負けないよう、しほはいつもより大きめの声を発する。

もう、耳を傾けなくても、彼女の声は俺にハッキリと届いていた。

「そうだね。夏だし、海にでも行く?」

「幸太郎くんったら、エッチね」

「なんでそうなるのかなぁ」

「わたしの水着が見たいってことでしょう?」

「いやいや。一緒に海で遊べたら素敵だと思っただけなのに」

「じゃあ、水着は見たくないのかしら」

「それはちょっと違うというか……見たくないとは言ってないというか」

「ふ～ん?　じゃあ、見たいってことね?」

つまりはそういうことである。

しほの水着姿……想像しただけで照れそうになったので、慌てて思考をかき消しておく。

俺には妄想だけでも刺激が強かった。

実物を見ても平気でいられるだろうか……不安だけど、見たくないとはやっぱり思えないので、楽しみにしておこうかな。

「海水浴は夏っぽくていいわね。でも、うーん……人込みはちょっと苦手だわ」

「たしかに俺も混雑は苦手だなぁ……」

「じゃあ、あたしのところに来る？　ちょっと遠いけどプライベートビーチを所有してるのよ。そこなら気にせず楽しめると思うけど？」

いきなりだった。

しほと俺の会話に入ってきたのは、ピンク髪のツインテールが印象的な女の子。

胡桃沢《くるみざわ》くるりが、俺としほの横に並んだ。

「あ、くるりちゃんだ。おはよっ」

「ええ、おはよう。できればもう少し早く気付いてほしかったけど、まぁいいわ」

「りーくん、おはよう」

「ちょ、ちょっと！　中山《なかやま》……人前でそう呼ばないで。べ、別にイヤなわけじゃないけど、恥ずかしいから」

ほっぺたがわずかに赤いのは、気温のせいなのか……いや、たぶん照れているのだろう。

「あ！　こら、幸太郎くん。わたし以外の女の子をデレさせたらダメって何度言ったら分かるのかしら。めっ」

そして最近、りーくんとかかわるとしほが拗ねるようになったのは、新しい変化かもしれない。こっちはほっぺたをふぐみたいに膨らませていた。

「くるりちゃんも、ちょろかわいいのはやめてくれる？」

「ちょ、ちょろくないからっ。あたしは簡単な女の子じゃないんだけど？」

「はいはい、チョロインはみんなそう言うわ」

「不服よ……中山、彼女はちゃんとしつけておきなさい。この子の粗相は彼氏の責任よ」

「まぁまぁ、二人とも落ち着いて」

一応仲裁には入ったものの……喧嘩《けんか》しているわけじゃないのは分かっているので、あまり深刻ではなかった。

お互いに気遣いがないのは、むしろ仲が良くなっている証拠だろう。

「……なんであんたのことで言い争ってるのに、あんたに止められないといけないのよ」

「それはそうだわ。幸太郎くんがしっかりしてないのが悪いのに」

「え？　あ、ごめん」

いつの間にか俺が共通の敵になっていたけど、おかげで二人の熱も引いたようなので良しとしておこう。

とりあえずこの隙に話を戻しておく。

「それで、りーくん……じゃない。胡桃沢さんのプライベートビーチって、どういうこと？」

りーくんと呼んだら二人から睨《にら》まれたので、慌てて修正。今度は目くじらを立てられずにすんだようで、ちゃんと質問に答えてくれた。

「文字通りの意味で、胡桃沢家が所有してるビーチがあるのよ」

「……ビーチって個人で所有できるんだ」

「……くるりちゃんのおうちって、もしかしてすごい？」

「少なくともあんたたちが思っているよりはすごいわね。まぁ、正確に言うと所有しているのはおじいちゃんだけど」

庶民にはあまり現実感のない話である。

ともあれ、プライベートビーチなら、混雑や人込みを気にしなくても良さそうだ。

「ぜひ行きたいわっ。くるりちゃんとも遊んであげたいからちょうどいいかも」

「ちょっと待ちなさい。あたしと遊んであげたいって何よ。別にそんなこと頼んでないのだけれど？」

「うふふ♪　今日も素敵なツンデレだわ」

「ツンデレって呼ぶのはやめて。あたしがこの世界で一番嫌いな単語だから」

しほも乗り気だ。

それならお言葉に甘えさせてもらおうか。

「今度、一徹《いってつ》さんの様子でも見に行きながらビーチのことも聞いてみようかな」

「そうね。一応、おじいちゃんの保有地だから声はかけておいた方がいいわね」

「あ！　おじいちゃまに赤点回避したって報告しないとっ」

手術が終わって元気になった一徹さんとは今でも定期的にお会いしている。

一応、大病明けなのですぐに退院とはならなかったため、定期的に病室にお見舞いに行っていた。

なんだかかんだ、一徹さんも俺たちに良くしてくれているので会うのが楽しみである。たぶん、祖父がいたらこんな感じなんだろうな……と、思わせてくれた。

「おじいちゃんも喜ぶわ。特に霜月が来たら分かりやすくデレデレするのよね……なんでかしら？」

「わたしもおじいちゃまが好きだからお互い様ね」

「……まぁいいわ。とりあえず、夏休みはよろしくね」

と、そうやって三人で会話して歩いていたら、いつの間にか教室に到着していた。

二年二組。俺としほと、それからりーくんが所属するクラスである。

一年生の頃には同じクラスだった竜崎《りゅうざき》、キラリ、結月《ゆづき》は二年生になって違うクラスになっていた。

そして、俺たちと関係が深いあと一人……義妹《いもうと》の中山梓《なかやまあずさ》も、同じクラスである。

彼女は俺と一緒に登校するのが恥ずかしいようで、時間をずらして家を出ている。今日は早めに出ていたので、もうすでに到着していた。

「あずにゃんおはよ～！　ぎゅーっ。よしよしいい子ね。今日もかわいいいわ！」

「ぎゃー！　朝から触んないでっ。暑苦しいから!!」

しほと梓の関係性も相変わらずだ。この二人は仲良くなってからずっとこんな感じなので、見ていて本当に微笑ましい。

「ねぇ、あずにゃんも海水浴に行くわよね？　夏休み、くるりちゃんのプライベートビーチに行きましょう？」

「プライベートビーチ!?　お、お金持ちだねっ……行く行く！　絶対に行きたい!!　くるりおねーちゃん、梓も行っていい？」

「もちろんいいわよ。でも……」

りーくんは頷《うなず》いて、それから歯切れの悪そうな顔で俺の方を見る。意味ありげな視線を送られて、彼女が何を言いたいのかを察した。たしかにこれは俺が言うべきことだろう。

「赤点の補講と課題が終わってからじゃないとダメだよ」

なんだかんだ優しいりーくんは、梓やしほに対してあまり厳しいことが言えない。

なので、俺が代わりに現実的なことを伝えたら、梓は途端に泣きべそをかいた。

「赤点のことは言わないでっ！」

勉強せずにだらだらしてばかりだった義妹にはちゃんと天罰が下っている。

夏休みも、補講と課題で苦しむことになるだろう。

「ドンマイ、あずにゃん！」

「むかつくっ。なんで霜月さんが赤点じゃなくて梓が赤点なの？」

「わたしが天才だからよ」

「梓と二点しか変わらないくせにっ」

微差は大差。二人とも点数はほぼ同じだけど、こればっかりは仕方ない。

何はともあれ、期末テストはもう終わっている。

一学期は残り数日。そろそろ、夏休みだ——。

第二話
不器用な愛の因果

夏休みに入った。

来年はきっと大学受験で忙しくなるため、のんびりできるのは高校二年生の今年までだろう。

……もちろん、今も勉強をしていないわけじゃないけど。

一応、俺としほは近くの『北羽大学《きたばね》』に行こうという話はしていた。俺の成績で考えると合格圏内で、しほの成績で考えるとやや厳しいくらいのレベルである。

恐らく、もう少し時間が経つとしほは勉強漬けの毎日を送ることになるだろう。俺もそれに付き合うので、思い出を作れる時間というのは限られている。

だから、今日という一日を大切にしよう。

「……ふぅ」

姿見の前で、洋服のしわを軽く伸ばす。オシャレとは言えないかもしれない。でも、俺にとっては精一杯のファッションだ。見栄えも決して悪くはない……と思う。

これでいいかな？　大丈夫だよな？

部屋の鏡で見なりを確認していたら、ノックもなく扉が開け放たれた。

「おにーちゃん助けて！　いんすーぶんかいが梓《あずさ》をいじめるのっ」

部屋に入ってきたのは、課題用紙を握りしめて泣きべそをかいている梓だった。

数学の問題が分からないようである……教えてあげたいところだけど、今はちょっと無理そうだ。

「ごめん、これから出かけるんだ」

実は今日、しほと秋葉原《あきはばら》に行く約束をしている。

せっかくの夏休みなので、二人で遠出しようと決めたのだ。

「……珍しくオシャレしてるってことは、もしかしてデート!?　梓がこんなに苦しんでるのにずるい!!　やだやだやだ、おにーちゃんだけが幸せになるなんてやだっ。梓より不幸でいてくれないとやだー！」

勉強で追い詰められているのだろう。

心にもないことを言っている……ということにしておこう。本心からそう思っているのなら、ちょっと育て方に問題があったと言わざるを得なかった。

「……勉強は帰ってきてから教える。あ、お土産を買ってくるから、その間は一人で解けるところを頑張って」

「えー！　本当に行っちゃうの……？　おにーちゃん、おねがいっ。梓におべんきょー教えて？　霜月《しもつき》さんよりもキュートでプリティーな妹を選んで？」

「かわいく言ってもダメ」

「はぁ!?　おにーちゃん、妹と彼女、どっちを優先するべきか理解してないの？　もちろん妹でしょっ？　ぐすん」

「ウソ泣きしても通用しないよ。今日はしほを優先するから」

「ぐぬぬっ……前までは泣けば言うことを聞いてくれたのに！　もういいもん、おにーちゃんのばーか。うわーん!!」

と、またウソ泣きをしながら梓が部屋から出て行った。

バタン!!

乱暴にドアが閉められて、その反動で本棚の本が落ちる。

「お土産はコンビニのアイスとチョコレートとジュースとプリンとケーキじゃないと許さないんだからね!!」

そして、扉の外から聞こえてきた強欲な捨て台詞《ぜりふ》に、思わず苦笑した。

やっぱり育て方を間違えたかも……でも、ああいう梓もかわいく思ってしまって、あまり強く言えないんだよなぁ。

意外と俺はシスコンなのかもしれない。

……さて、こんなやり取りをしてたらいつの間にか家を出る時間が迫っていた。

出かける準備をして、それからふと部屋を見回してみると……先ほど、梓が扉を閉めた反動で落ちた本が目に入った。片付けるのを忘れていた。

拾い上げてみると、それは俺が好きだったライトノベルだった。たしか、物語は終盤に差し掛かっていて、そろそろ完結するシリーズだ。

（そういえば、最近は本を買ってないなぁ）

いつからだろう？　前までは習慣と言っていいほど読書をしていたのに、いつの間にか本を読む時間が減っていた。

だから必然的に買う機会もなかったのだろう。

（せっかく秋葉原に行くんだし、ライトノベルでも買おうかな）

好きだったシリーズの続編が出ている時期だった気がする。久しぶりに本を読もうかなと、そんなことを考えながら俺は家を出るのだった——。

◆

秋葉原に行くのは初めてじゃない。これまで何度か訪れたことがあるため、行きたいお店への道順はだいたい覚えている。

しほも少し慣れてきたらしく、以前までは周囲を物珍しそうにきょろきょろ見回していたけど、今日は俺とオシャベリする余裕があるようだった。

「うふふ♪　あずにゃんったらすごく大変そうだわ。かわいそうね」

家で苦しんでいる梓の様子を伝えると、しほは声を震わせて笑っていた。

「……しほ、もしかして喜んでる？」

「いいえ、そんなことないわ。ただ、他人の不幸でごはんが美味しい感覚とでも言えばいいのかしら」

「ちなみに、しほもそろそろ勉強漬けの毎日になるから、覚悟しておいて」

「え」

それから今度は、俺の一言によって青ざめるしほ。

表情がコロコロ変わるのがなんだかおかしかった。

「同じ大学、行きたいんだよね？　だったら、がんばらないと」

「……うぅ、あずにゃんを笑ってた自分がバカみたいに思えてきたわっ」

「明日は我が身なんだから、あんまりお互いで煽《あお》り合わない方がいいよ」

「はーい……って、デート中までお勉強の話をしないで!!　そんなこと忘れて、今は楽しみましょう？」

たしかにその通りである。

こうやってデートする機会も多くはないので、彼女が嫌いな勉強の話は控えておこうかな。一応、釘は刺しておいたし、もうこれ以上脅《おど》す必要はないだろう。

「とりあえず、グッズでも見に行く？」

「うん！　この前ね、転生したスライムちゃんのアニメを見たから、ぬいぐるみがほしくなったの。ママからお小遣いをもらったから、買っちゃうわ」

「分かった。あ、その後にライトノベルコーナーに寄ってもいい？」

「もちろんっ」

最近、しほは俺がお願いをした時、すごく嬉しそうな顔をする。

今までこちらから提案することがあまりなかったせいだろうか。

なんだかとても幸せそうだ。

ふわふわした空気がしほから漂っていて、俺までなんだか気分が良くなってくる。

そんな心地好《よ》い雰囲気のデートは、やっぱり楽しかった。

意識せずとも、濃密で大切な時間を過ごせたのである。

◆

目当てのぬいぐるみとライトノベルを購入した後。

しほの大好きなゲームグッズや、俺が気になっている電化製品などを見て回っていると、急にこんな音が聞こえてきた。

『ぐ～』

近くから聞こえてきたお腹《なか》の虫の音は、間違いなくしほから発せられたものである。

それなのに、彼女は素知らぬ顔でそっぽを向いていた。

「わたしじゃないわ」

「何も言ってないよ」

恥ずかしいのかな？　耳が真っ赤である。

まぁ、本人がイヤがっているので言及はしないでおこう。

「そろそろお昼だね。何か食べたいものとかある？」

「別にお腹は空いてないもんっ。お腹の音はわたしじゃないんだからね！」

「はいはい、分かってるから……あ、千里《ちり》叔母さんのところとかどう？　この前電話で『美味いスイーツがあるから来い』って言われた」

　たしか、最近近くの人気店と提携して本格的なスイーツを仕入れていると聞いた気がする。

「スイーツ……！　こ、幸太郎《こうたろう》くんが行きたいのなら、仕方ないわね」

「うん。俺が行きたいから、一緒に行こう」

　たまに、しほはこうやってちょっとめんどくさくなる。意外と意地っ張りなところがあるけど、その一面も俺は大好きなので悪い気分はしなかった。

　珍しいしほが見られたおかげで、本日のデートは大成功だ。

　そういうわけで、叔母さんのメイドカフェへと向かう。

　活気のある表通りから、人が少ない路地裏を進むことしばらく。

　叔母さんの経営する『冥土可不依《メイドカフェ》』に到着した。

　事前の連絡はしてないものの、入口には開店中と書かれた看板があったので大丈夫だろう。扉を開けたら『チリリーン♪』という来客を知らせる音が店内に鳴り響いた。

「いらっしゃいませ、ご主人様♪」

「こんにちは、叔母さん」

「叔母さんじゃないですぅ～。メイドのちりちりですよ♪　あと、叔母さんって呼ぶな？　おねーさんって呼べ☆」

「うわぁ」

「……ドン引きするんじゃねぇよ、クソガキ。かわいいだろうが」

だって、幼い頃から知ってる身内の営業スマイルはちょっときつかった。

アラサーにしては幼い容姿なので似合ってないとは言わないけど。

「千里おねーさん、こんにちは」

一通り挨拶が終わったのを見計らっていたのか。

久しぶりに会う千里叔母さんに若干の人見知りを発動させたしほが、俺の背中からひょっこりと顔を出した。

「お、しほじゃねぇか。てめぇはちゃんと『おねーさん』って呼べて偉いな、よしよし」

「えへへ～」

しほを見るや否や、叔母さんは俺を無視して彼女へと詰め寄り、乱雑な態度でガシガシと頭を撫《な》で始める。

　この人、かわいい女の子が好きなんだよなぁ……しほのことも大層気に入っているらしい。

「金がほしいならいつでもバイトしに来い。しほのメイド服はもう用意してあるからな」

「え？　あの、でも……！」

「相変わらずかわいいじゃねぇか！　まったく、最高だ」

「あ、ありがっ」

「今日はどうした？　幸太郎とデートか？　なるほど、じゃあバイトはまた今度だな。とりあえずゆっくりしていけ。最近、美味いケーキを仕入れてるんだよ。食ってけ」

「は、はひぃ」

　叔母さんの勢いにしほは終始押され気味だった。

「千里叔母さん、落ち着いて。しほはヤンキーに慣れてないから」

「叔母さんって呼ぶな。あと、ヤンキーでもねぇよ……ったく、てめぇはまったくかわいくねぇな。ほら、適当に座れ。原価の十倍くらいで売ってるメロンソーダを飲ませてやる。サービス料って便利な言葉だ」

　相変わらずぼったくりみたいな商売をしてるなぁと思いつつ、なんだかんだ身内に優しい叔母さんに感謝した。来るたびに無料で色々食べさせてくれるので、高校生の財布にとても優しいのである。

ちょうど、お客さんもいないから都合が良い……のかな？

毎回来るたびに誰もいないけど、本当に経営は大丈夫なのだろうか。気になるけど、叔母さんが上機嫌なのでそのあたりも心配は不要なのだろう。

細かいことは、まぁいいか。

とりあえず、隅の席に座ったらすぐに叔母さんが飲み物を持ってきてくれた。

「ほらよ、しほのメロンソーダだ。幸太郎の分は水でいいよな？　よし……それで、ケーキは今食うか？」

「俺は後で食べるよ。まずは……オムライスでお願い」

「えっと、じゃあわたしは幸太郎くんと同じで！」

「おう。ケーキはデザートで出してやる……それじゃあレンジでチンして持ってくるからちょっと待ってろ」

できれば手作りがいいけど、このメイドカフェはほとんどの食品がレトルトらしいので仕方ない。

「そういえば、他のメイドさんはいないのかしら？」

叔母さんを待っている間、しほが周囲を見回しながらそんなことを呟《つぶや》いた。

たしかに、まだ叔母さん以外のメイドさんを見ていない。

初めて俺たちがここに来た時に対応してくれた『有銘《ありめ》さん』こと、黒髪のウィッグで変装したメアリーさんも、今日はいなかった。

「残念だわ……オムライスが美味しくなるおまじない、かけてほしかったのに」

「まだ勤務時間じゃないのかな？　叔母さんに聞いてみようか」

それから、待つことしばらく。

トレイに二人分のオムライスを載せてやってきた千里叔母さんに、有銘さんのことを聞いてみることに。

「有銘？　あいつはここ最近ずっと休みだな。なんか忙しいらしいぞ？」

メアリーさん、何かやってるのだろうか。学校も休学したままだし……二年生になっても復学しないということは、もう通わないのかな。

彼女とは二年生になってから一度も会っていない。気にはなるものの、メアリーさんの現状を確認する方法もないので、どうしようもなかった。

まぁ、メアリーさんならどこかで元気にやってるだろうけど。

「有銘ちゃん、いないのね……じゃあ、千里おねーさんがおまじないかけてくれる？」

「…………マジかよ。甥っ子の前で？」

「……ダメ？」

「いや、ダメじゃねぇ！　そんなかわいい顔でおねだりされたら断るわけにはいかねぇな……おら、行くぞ！　メイド根性、見せてやる」

俺には見せないでくれるとありがたいのに……叔母さんにはメイドとしてのプライドがあるらしい。恥を捨てて、営業スマイル全開でメイドさんをやってくれた。

「おいしくなぁれっ。おいしくなぁれ。もえもえ、きゅん♪」

いつもより声をワントーン上げて、あざとい舌ったらずな口調で、両手の指でハートマークを作る叔母さん。

……身内じゃなかったら、かわいいと思えたのかなぁ。

いつもはタバコを吹かしながら『酒飲みてぇ』とばかり言うタイプの人なので、媚《こ》び媚《こ》びのセリフはまったく似合っていなかった。

「わーっ。すごーい！」

とはいえ、しほだけは喜んでいるので、細かいことはいいや。

気にせず、俺もオムライスを食べ始めようとした……そのときだった。

チリリーン♪

来客を知らせる音が鳴り響く。

何気なく顔を上げて、扉の方向を見てみると……そこには、スーツ姿の女性が佇《たたず》んでいた。目の下のくまが深くて、顔色が悪い、不健康そうな人である。

「いらっしゃいませ、お嬢さ──ま!?」

「千里、大人一人だ」

「ち、ちがっ。これは仕事だからっ。べ、別にノリノリでおまじないなんてかけてるわけじゃねぇからな!!」

「何を恥ずかしがっている？　それがお前の仕事だ」

「だ、だって、恥ずかしいじゃねぇか……ってか、来るなら連絡しろよ──姉貴！」

千里叔母さんの、お姉さん。

それはつまり……俺にとっての『母親』だった。

「──っ」

思わず、息を呑んで席から立ち上がってしまう。

そこでようやく、母さんのいる位置から俺が見えたらしい。

「千里、客がお前を呼んで……っ」

どうやら母さんはこちらをしっかりと見ていなかったようだ。

俺たちをメイドカフェのお客さんだと思っていたらしい。

しかし、こちらが立ち上がったことで顔がハッキリ見えたのだろう。

目が合って、それからようやく俺の存在に気付いた。

「……幸太郎？」

いつもは動かない表情に、かすかな動揺が混じる。

「千里、どういうことだ。幸太郎がいるなら言いようがねぇだろ」

「はぁ？　姉貴が勝手に来たんだから言いようがねぇだろ」

「一理あるが……とりあえず、タイミングが悪かったようだな」

しかしながら、動揺はすぐに消える。

一瞬でいつもの無表情に戻った母さんは、すぐに俺から視線をそらした。

「出直す。経営状況など聞きたかったが、後日にするか」

「え？　ああ、幸太郎がいるからか？　おいおい、ちょっと待てよ。逃げても意味なんかねぇだろ」

「かと言って、ここにいても意味はない。むしろ、邪魔にしかならないだろうからな」

冷たい口調で、叔母さんの制止を振り切るかのように。

踵《きびす》を返して、母さんはお店から出ていこうとする。

「母さんっ」

その瞬間、無意識に声が漏れた。

でも、声が小さかったせいで、母さんには届いていない。扉を開けて今にも出ていこうとしている。

しかし……真向かいの席に座っていた彼女には、届いていたようだ。

「『母さん』？　え、まさか……幸太郎くんのおかあさまっ!?」

場に漂っている緊張感を吹き飛ばすように、大きな声を上げるしほ。

美味しそうにオムライスを頬張っていた彼女は、入口の方に視線を移して……母さんの姿を確認するや否や、目をキラキラと輝かせた。

「あー！　似てる……幸太郎くんのおかあさまだわ!!」

まるで、人懐っこい子犬のように。

勢いよく椅子から立ち上がって、一目散に入口の方向へ走り出す。

「夜にでも電話する。また後で——にゃっ!?」

千里叔母さんに声をかけている最中だった。

母さんの背中に、しほが思いっきり突撃するように飛びついた。

そのせいで母さんは息がつまったのだろう。珍しく舌が回っていなかった。

「な、なんだいったい……！」

表情に驚愕の色が混じる。

しかし、しほは母さんの様子なんて気にしていない。

いや、今の彼女には周囲が見えていない。ただまっすぐ、母さんを見つめていた。

「初めまして!! 霜月しほですっ。幸太郎くんの恋人をさせてもらってます! おかあさまですか? おかあさまですよね! 会うことができて嬉しいわっ。うふふ、すごく似てる……目元がそっくり!! あ、でもクマがあるかしら? ちゃんと寝ないとダメですよ、おかあさまっ。健康が一番って、うちのママがいつも言ってるもの。忙しいんですか? あ、そういえば仕事人間って幸太郎くんが言ってたわね。いつもがんばっててすごいです! でもたまには休みながら、幸太郎くんとあずにゃんに会ってあげてくださいっ。特にあずにゃんはまだまだ子供だし、わがままだし、ちゃんと教育した方がいいと思うの。わたしがおねーちゃん代わりをやっているけれど、ナマイキだから全然言うことを聞かないんですよ? まったく、だけどそういうところもかわいいからついつい甘やかしてしまう幸太郎くんの気持ちも分かるのだけれど、やっぱりビシッと言うべきだと思うんですっ」

……興奮していた。

しほは、母さんに出会ってすごくテンションが上がっていた。

こんなにはしゃいでいるしほを見るのは久しぶりである。

あれはたしか……出会った当初くらいだっただろうか。俺と初めてオシャベリができるのが嬉しいと言って、しほはこれくらい長文のセリフを発していた。

あれから時間が経って彼女も多少落ち着いてはいる。

しかし、母さんと出会った喜びでテンションの箍《たが》が外れたようだ。

「わーっ。幸太郎くんのおかあさま……雰囲気がそっくり！　全然緊張しないし、とっても優しそうだし、きょとんとした顔が素敵だわ♪」

ああ、そうだ。

しほが、母さんにまったく緊張していない。俺、りーくん、一徹《いってつ》さんにも初対面から自然な態度だったけど、母さんもどうやらその対象に入っているらしい。

「あのあのっ。一緒にお昼、食べませんかっ。もっといっぱい、お話ししたいわ」

「……い、いや。私はもう、帰るんだが」

しほのマシンガントークに、母さんはかなり困惑していた。

あの無機質な母さんが、狼狽《うろた》えている。

でも、首を横に振ってしほを拒絶しようとしていた。

いつもの母さんのように、他人と自分の間に線を引いて一定の距離を取ろうとする。

息子の俺でさえ、母さんは他人のように接するのだ。

当然、しほも同じように対応している。

しかし――しほは強かった。

「少しだけでもダメ？　千里おねーさま、おかあさまは忙しいの？」

「今は時間あるんじゃねぇか？　ここに来たってことは、ランチタイムだろどうせ。姉貴、意地張ってねぇで素直になれよ」

「……私がいたら二人の邪魔になるはずだ」

「そんなことないですっ」

「……気を遣っているのなら不要だ。お前が幸太郎の恋人で、筋を通そうとする意気は評価する。しかし私は幸太郎の行動に干渉しないと約束しているのでな」

「なるほど！　分かったわ。じゃあ、飲み物はメロンソーダでいいですか？」

「何も分かってないようだが」

「お昼ごはんは何を食べますか？　ここのオムライスはコンビニの味に似ていて美味しいからオススメですっ」

「だ、だから、帰ると言っているのが聞こえないのか？」

「聞こえないでーすっ」

「…………」

母さんが、更に困惑していた。

無言で、どうしていいか分からないと言わんばかりに、きょろきょろと周囲を見回している。

それから、俺と目が合って……今度はそらすことなく、母さんはこっちを見つめた。

『幸太郎、なんとかしろ』

まるで、助けを求めるように。

母さんが……あの母さんが、困惑している。

それを見て、俺もまた困惑してしまっていた。

初めて人間味を感じた。

いつも無機質で、氷のように冷たかった。感情を表に出すことはほとんどなく、俺の前では常に冷徹で怖い人だった。

だけど、しほを前にした母さんを見ていると、怖くなかった。

しほに懐かれたことで対応に困っている様子を見ていたら、むしろ……親しみさえ、覚えてしまうほどである。

気持ちは分かるよ、母さん。暴走したしほに会話は通じない……自分のわがままを意地でも曲げない。

だからもう、何を言っても無駄だよ。

諦めた方がいいと、いまだにこちらを見て助けを求めている母さんに向かって首を横に振っておいた。

「千里おねーさんっ。オムライスとメロンソーダをお願いしまーす！」

「あいよ。すぐ準備するからちょっと待ってろよ、姉貴」

「……わ、分かった。帰らないから、とりあえずコーヒーとサンドイッチにしてくれ。この年齢でオムライスとメロンソーダはきつい」

そして、母さんは抵抗をやめた。

何を言ってもしほは聞いてくれないと、観念したように肩を落としている。

やっぱり……今の母さんは、俺の知っている母さんじゃなかった――。

◆

まさか、こんな日が来るなんて夢にも思わなかった。

「おかあさま、砂糖をどうぞっ。コーヒーって苦いからいっぱい入れた方が美味しいですよ！　あ、このミルクも一緒にどうかしら？　すっごく甘くなりそう!!」

「こほん。コーヒーはブラックでしか飲まない。だから余計なことは……お、おい。角砂糖を何個入れた？　待て、ミルクは入れるな。私はあまり好きじゃないんだ」

「いえいえ、ありがとーございますっ。うふふ……おかあさまったら、あずにゃんと似てツンデレの属性も持っているのね。素直じゃないわ」

「『ツンデレ』が何かよく分かっていないが、とりあえずお前が私を誤解していることは分かる。違うとハッキリ言っておこう」

「むぅ。お前じゃないです。しほって呼んでくださいっ」

「ほう？　私に名を呼ばれたいのか？　残念だが、優秀な人間しか名を覚えない主義だ。名を覚えられたいのであれば、相応の努力をするがいい」

「えいっ」

「あ！　角砂糖はもうやめてくれ！」

「えいっ」

「分かった！　しほ……これでいいか？　お願いだから、このコーヒーを甘くしすぎるなっ。すごくいい豆なのに……！」

「えへへ～♪　おかあさまから名前を呼ばれて嬉しいですっ」

「強制的に呼ばせたのはそっちだが……いや、落ち着けしほ。コーヒーは私の好みで味を調節させてくれ」

しほが強引に母さんを引き留めた後のこと。

俺たちが座っていた丸テーブルに母さんを連れ込んだしほは、そのすぐ隣に座ってさっきからずっと話しかけ続けていた。

時にはスキンシップも交えながら付きまとっている。そんなしほに母さんは明らかに振り回されていた。

やっぱり信じられない。

あの母さんが、しほに狼狽えている光景が、現実じゃないようだった。

「おかあさま♪」

「……私は中山加奈《なかやまかな》だ。その呼び方は変だとお前——じゃない。しほだ。うん、しほ。だからその持っている角砂糖は瓶に戻せ」

「なるほど。つまりおかあさまは名前で呼ばれたいってことかしら……？」

「しほは幸太郎の恋人だろうが、まだ正式に結婚しているわけではないだろう？　だから私を『おかあさま』と呼ぶのはおかしいという指摘をしたい」

「分かりました、加奈ちゃん！」

「……いや、やっぱり『おかあさま』でいい。加奈ちゃんよりはマシだ」

威厳が、ない。

威圧感が、皆無。

冷たい雰囲気が、生ぬるい。

だから、今の母さんはまったく怖くないのである。

俺の記憶にいる、無機質で冷徹な人間はどこにもいなかった。

そのせいでさっきからどういう顔をすればいいのか分からない。

どんな態度で、どういう感情で、いかなる表情で母さんと接していいのか……まったく分からないまま、呆然としていた。

いつもなら、そんな俺の異変にしほは気付いて心配してくれたかもしれない。

しかし今は、母さんに夢中で俺のことは見えていないようだ。おかげで楽しそうな空気を壊さずにすんでいる。それがすごくありがたかった。

もう少し、気持ちを整理させてほしい。

だって、俺にとって母さんは過去のトラウマで、恐怖の対象だったのだから。

俺を否定してばかりの人間だったのに。

俺が自分をモブキャラだと思い込むようになった原因なのに。

勝手に結月《ゆづき》を許嫁《いいなずけ》にして、しほとの関係を壊そうとした張本人なのに。

どうして今の母さんは……怖くないのか、よく分からなかった。

しばらく、しほと母さんのオシャベリ——じゃなくて、ダル絡みが続く。

それを見ながらお昼を食べていると、いつの間にかオムライスがなくなっていた。しほも話しながら食べていたので、もう完食している。

それを見計らったのか、叔母さんが今度はケーキを持ってきた。

しほと、俺と、それから母さんの分のケーキもテーブルに並べてくれた。

「そろそろデザートの時間だろ？　ほらよ、ケーキだ。うめぇぞ？」

「やったー！　いただきま〜す……うみゃぁ。おいしいっ♪」

「だろ？　好きなだけ食っていいぞ。裏にまだたくさんあるから、持って帰ってもいいが……どうする？」

「いいのっ？　じゃあ、ママとパパとあずにゃんにお土産で持って帰るわっ。あと、おかわり!!」

「早《はえ》ぇな。おかわりなら自分で選んで持ってこい。ついでにお土産の分も選んどけ。箱に入れといてやる」

「はーい！」

そして、しほが席を立ちあがった。

叔母さんと一緒にカウンターの方に向かっていく。その途中、叔母さんが意味ありげな目で俺と母さんを見た。

おそらく、しほを連れ出したのは叔母さんの策略だろう。

俺と母さんをわざと二人きりにしたのだ。

「「……………」」

しほが離れた瞬間、気まずい空気が流れ始める。

何を言っていいのか分からない。

たぶん、母さんも俺と同じなのだろう。無言で、居心地の悪い間を埋めるようにコーヒーを口に含んだ。

「けほっ。けほっ……やっぱり甘すぎる」

ただし、しほのせいでコーヒーは過剰に甘くなっている。母さんの好みではないようで、むせて涙目になっていた。

しほは席にいないけど、彼女の残滓《ざんし》はまだ漂っている。

そのことに気付いて、なんだか力が抜けた。

「俺が飲もうか？」

思考が緩んで、つい無意識に声を発していた。

「飲みかけだけど、こっちの水を飲んで口直しをした方がいいよ」

「いいのか？　お前も甘いものは苦手だったはずだが」

「母さんよりはマシだよ」

そう言って、水を差しだす。

代わりに母さんが飲んでいたコーヒーを受け取って、試しに一口飲んでみた。

うん、すごく甘い。でも、しほがやったことと思えば微笑《ほほえ》ましくて耐えられた。

しほはやっぱりすごい……あの母さんを困らせるなんて、なかなかできることじゃない。

「……あ」

彼女のおかげで緊張感が解けたからだろうか。

こんな細かいことにも、気付くことができた。

「俺が甘い食べ物を苦手って、知ってたんだ」

子供に関心なんてないと、思っていた。

でも、どうやらそれは……勘違いだったらしい。

「ああ。息子だから知らないわけがない……お前が薄味を好むことも、クーラーの冷気が苦手なことも、右を向かないと寝つきが悪いことも知っている」

ちゃんと、見てくれていた。

俺のことを、気にかけてくれていたんだ。

（もしかして俺は――勘違いをしていたのかな）

俺にとって母さんは、トラウマそのものと言えるほどの人である。

去年までは顔を見るだけで緊張してしまうような相手だった。

しかし今は違う。

先ほど、しほに困らされていたあの表情を見てしまうと……むしろ、親近感さえ覚えているから、不思議だった。

俺もしほに振り回されてばかりなので、母さんの気持ちはよく分かる。

しほの行動って悪意がないから拒絶できないんだよなぁ……母さんもきっとそうだったのだろう。

何はともあれ……もう俺は、母さんが怖くなかった。

だから自然な態度で接することができたのである。

「ふむ……やはり美味しいな、このケーキは」

「ケーキ、好きなの？」

「甘すぎなければ、な。これならお前の舌にも恐らくあう」

言われるままに、先ほど叔母さんが持ってきてくれたチーズケーキを食べてみる。見た目ほど甘くなくて上品な味わいだ。

「うん、美味しい」

頷《うなず》くと、母さんもまた同調するように首を縦に振った。

「これは近くのケーキ店で売られている商品なのだがな……私が材料の仕入れ先を手配した代わりに、このメイドカフェにもケーキを提供してもらっている」

「え？　叔母さんのお店って、母さんが協力してたんだ」

「やさぐれていた千里がメイドカフェを経営したいと言ったときは驚いたがな……昔、私の実家で『胡桃沢《くるみざわ》さん』というメイドが働いていたんだ。恐らく彼女の影響だろう。千里がよく懐いていたのを覚えている」

「胡桃沢……？」

言われて、思い出した。

初めてここに来た時のことである。千里叔母さんは『胡桃沢さんというメイドに憧れてメイドカフェを始めた』と言っていた。

あの時は何も思わなかったけど……りーくん——胡桃沢くるりと出会った今は、すごく引っかかった。

何か関係があるのだろうか。

「友達に『胡桃沢くるり』って女の子がいるんだけど、もしかして親族かな」

気になったので聞いてみると、母さんは驚いたようにちょっとだけ目を大きくした。

「なに？　胡桃沢さんの娘と同じ名前だな」

「やっぱり、そうなんだ。縁があるね……一徹さんとも顔見知りだよ」

「せ、先生と知り合いなのかっ」

そして今度は、少しどころじゃないくらい目を大きくしてびっくりしていた。

「先生？　どういうこと？」

「……なんでもない。これ以上は聞くな。あと、胡桃沢の話はもういい。話を戻すぞ……そうそう、千里の話だったな」

あからさまな態度で話を切り替える母さん。

気になったけど、一徹さんの話はしたくないようだ……まぁいいや。今度、一徹さんのところに顔を出す予定なので、その時に聞いてみよう。

「千里は商才が皆無だからな……この場所を用意したのも私だ。事務的な手続きや経営なども手伝ってやっている」

「そうなんだ……叔母さんが経営者って変だと思ってたけど、母さんが手伝っているなら納得した」

「定期的に、このメイドカフェの様子は見に来ている。今日も商談のために日本に帰ってきて、時間が空いたから来てみた……そしてお前たちと遭遇した、というわけだな」

雑談が、続く。

物心がついてから、こんなに長く母さんと話したことはない。

でも、違和感なく流暢《りゅうちょう》に会話が続くから、不思議なものだった。

やっぱり『親子』だからなのだろうか。まだまだ、もっと、色々なことを話してみたいと、初めて思えた。

「そういえば、お前は進路をどうするんだ？　前々から気にはなっていたんだが、この機会に聞かせてくれ」

たぶん、母さんも俺と同じ気持ちなのかもしれない。

あまり間が空くことなく、次の質問が飛んできた。

「……大学はしほと一緒に『北羽大学《きたばね》』に行こうかと思ってるよ」

「進学ということだな。そうか……もし就職するのであれば、お前の希望職業の知り合いを紹介しようと思っていたが、不要だな」

……本音を言うと、一瞬だけ身構えてしまった。俺の進路について何か勝手に決めているのかと邪推したのだ。

しかし、その心配は杞憂だった。

「学部は決めているのか？」

「まだ決定はしてない。正直、迷ってる」

「だったら語学系統の学部をオススメする。英語が扱えると仕事に困らないからな」

「語学……やっぱり文系がいいのかな」

「お前にはあってると私は思う。幸太郎が英語を話せたら、ぜひともうちの会社で働いてもらいたいくらいだ」

「え？　俺が？」

「お前は私と違って『他人に緊張感を与えない』人間だ。その性質はビジネスの場において非常に有用だろう。言語の壁というものは非常に大きく、日本語しか話せない人間は国外の人間に信用されにくい傾向がある。だが、お前ならその壁をなくせるはずだ」

経営者目線の分析とアドバイスは、聞いていてすごく参考になる意見だった。

やっぱり母さんは俺のことをしっかり考えてくれているんだ。

決して、子供のことなんてどうでもいいと思っているような冷徹な人じゃない。

前に、結月を勝手に許嫁にした人なので、俺の進路を邪魔するかもしれないと……そう考えてしまった自分が、恥ずかしい。

「ありがとう。参考になったよ」

「それは何よりだ……それと、前はすまなかったな。幸太郎の意見を無視して色々と先走ってしまった。これくらいのアドバイスが、親としては適切だったか……反省している」

むしろ、申し訳なさそうに謝罪された。

今の母さんは、敵じゃないんだ。

それを改めて、実感した。

「う、うん……」

なんて言葉を返せばよかったのだろう？

『いいよ。気にしないで』

なんて、軽い言葉を返す状況ではないように感じた。

今の母さんと、過去の母さんは、まるで別人みたいだ。

もしかして、母さんは変わった？

……いや、違う。


変わったのは、俺？

過去のモブのような俺では気付けなかった部分を、今の俺は理解している。

だから、母さんの違う一面に気付けただけ？

「ん？　幸太郎……お前、今でも本を読んでるのか」

珍しく、母さんの口数が多い。

またしてもあちらから俺に話しかけてくれた。

今度は、俺の足元に置かれている荷物に視線が注がれている。そこには、先ほど購入したしほのぬいぐるみと、俺のライトノベルが置かれていた。

「たまに、だけど読んでるよ。ほら、母さんが幼い頃に『本を読んでおけ』って言ってて、それを続けてたら習慣になってたんだ」

最近、読む頻度が減ってはいるものの、少し前までは月に数冊ほど欠かさず読んでいた。

そのことを伝えたら、母さんは小さく笑った。

……え？　笑った？　あの母さんが？

「読書家だな……だからお前は、人の気持ちが分かる優しい子に育ったのだろう。小さい頃は、私にそっくりな『人形』みたいだったが、今は感情豊かになっている」

……やっぱり、見間違いではない。

母さんが、嬉しそうに笑って俺を見つめていた。

「幼い頃の幸太郎はな、笑うことも泣くこともしない無表情な子供だった。私にそっくりで、だから私のようになってほしくなくて、色々と試行錯誤した。本も、情操教育の一つとして取り入れた。お前は忘れているだろうが、昔はたくさん本を読み聞かせたものだ……その成果が今のお前だとするなら、少しは母親らしいことができたのかもしれない」

冷徹な仕事人間だとばかり、思っていた。

しかし、やっぱりそれは違っていた。

「『私なんか』と同じような人間にならなくて良かった。優しくて、素直ないい子に育ってくれて、ありがとう」

ああ……そうだ。

母さんも、かつての俺と同じなんだ。

自己肯定感が低く、自信がないせいで、行動や判断に迷ってばかりで……つまり、決して心が強い人間じゃない。

つまり、母さんは間違えていただけ？

子供との接し方が分からなかっただけで、別に子供に興味がなかったわけじゃなかった……ということ？

愛はあったのに、表現する方法とか、伝える手段を知らなかったから……仕事に逃げていた、とか？

そう解釈するのであれば、今日の言動も納得できる。

今までの行動の意味も、すれ違っていた原因も……すべては、母さんが不器用だったせいなのだと、ようやく理解できた気がした。

この人は、俺のことを否定していたわけじゃない。

母さんは、自分を否定していたから、似ていた俺に厳しく当たっていたのだと思う。

今、成長して変化した俺には、母さんに似ている部分が減った。だからこうして、うまくコミュニケーションが取れるようになったのかもしれない。

だったら、俺と母さんの関係性は――終わってなんていない。

「ん？　もうこんな時間か。すまない、忙しいのは本当でな……三時間後の飛行機に乗らなければならないんだ。先に失礼させてもらおうか」

まだ、母さんとの仲は修復できる。

そのために一番必要なのは『時間』だ。

「次、帰ってきたときは連絡してよ。家にも帰ってきてくれたら嬉しい」

すぐに親子らしくなるのは難しいかもしれない。

だけど、少しずつ時間をかけたら……きっと。

今の俺なら、大丈夫。

母さんだって、誤解せずに受け入れることができるはずだ。

「……でも、迷惑じゃないか？」

「むしろ帰ってこない方が迷惑だよ。今まで、俺と梓のことを放っておいたんだから、少しは向き合ってほしい」

「ふむ……痛いところを突かれたな。親としての責務を果たせ、と？　生活費を出すだけではダメなのか」

「責務とかじゃなくて、とにかく……頼らせてよ。困った時とか、悩んでいる時とか、そばにいてほしい。母さんがいてくれないと、大変なんだ」

「そうなのか？　それでは……こんな母親でいいのなら」

「うん、お願い。俺にとって、母さんは一人だけなんだから」

これからは怖がらずにちゃんと話しかけよう。

母さんのことをもっと知って、俺のことも分かってもらおう。

そうしていればきっと、いつか……普通の親子になれる気がした。

「それでは、また帰省するときに連絡する」

「うん。またね、母さん。あ、健康には気を付けて。体は壊さないように」

「そうだな……心配させないように、努力しよう」

そして、母さんが席から立ち上がる。

すると、ケーキを選んでいたしほがそれを察知して、慌てたように戻ってきた。

「あ！　おかあさま、もう帰るんですか？　これ、わたしが選んだケーキですっ」

「……私の好みとは少し違うようだが」

「いえいえ、ごけんそんをっ」

「謙遜していない……国語をしっかり勉強しろ——と言っても仕方ないのだろうな。ありがとう、しほ。受け取っておく。あとそれから、私の息子をよろしくな」

「はい！　幸太郎くんはちゃんと幸せにしてあげますっ」

「力強い言葉だ。幸太郎は良い恋人に恵まれたと、そう思っておこう」

「えへへ〜。おかあさま、いってらっしゃい！」

しほが無邪気に手を振る。

それに続いて、俺も手を振って母さんを見送った。

「いってらっしゃい、母さん」

「あ、ああ……また今度」

母さんも手を振り返してくれたけど、どことなく仕草がぶっきらぼうだ。
でもそれは、不機嫌だからではない。
不器用だから、ぎこちないだけだ。
「いってきます」
別れの挨拶を最後に、母さんはお店を出て行く。
その後ろ姿は、どことなく嬉しそうだった――。

第三話　大好きな物語

久しぶりに本を読んだ。

「ふぅ……」

深夜。読み終わった後特有の疲労感と達成感に息がこぼれた。

夏休みはいつもより夜更かしできるので、読書するにはちょうど良い。

平凡で地味な少年がとんでもない美少女と仲良くなる――という内容のよくあるラブコメだった。ライトノベルとしては定番のジャンルかもしれない。

これはたしか、中学生の頃にキラリが教えてくれた作品だったと思う。

ラノベ好きの彼女がオススメしてくれた本はどれも面白かったけど、その中でも俺はこの作品が一番のお気に入りだった。

一巻が発売されてから、そろそろ三年が経過する。既刊は五冊ながら完結を迎えた。

色々あったけれど、結果的にはみんなが幸せになって物語は幕を閉じた。

メインキャラクターも、サブキャラクターも、誰も不幸な人間はいない。都合が良すぎると思う人がいるかもしれないけれど、俺はこういうハッピーエンドが大好きだ。

　大満足の一作である。

　読み終わった今、もうこれ以上読めないんだという寂しさと、面白かったという満足感の入り混じった『読後感《カタルシス》』が訪れていて、少しだけ感傷に浸っていた。

　やっぱり文章を読むのは心地好《よ》い。この感覚は本好きにしか分からない感覚だろう。

　昔はこうして何冊も本を読んでいた。

　おかげで物語作品についてはかなり詳しくなったと思う。

『読書家だな……だからお前は、人の気持ちが分かる優しい子に育ったのだろう』

　メイドカフェで母さんに言われた一言が、ふと脳裏に浮かんだ。

　あれから数日が経過しているけど、なぜかずっとこの言葉が忘れられずにいる。

　母さんは情操教育の一環で俺に読書をさせていたらしい。

　俺としては、言いつけられたことをなんとなく続けていただけである。とはいえ、たしかに読書は俺に大きな影響を与えてくれたのかもしれない。

　俺は常に、他人の気持ちを考えている。

　それはたぶん、本のキャラクターの心情を『読んでいる』感覚に近いのかもしれない。

（最近、あまり本を読まなくなってたけど……そういうことに気付かせてくれるから、や

っぱり本は定期的に読んだ方がいいかもなぁ）

読書を終えた後、こうやって思考に浸るのはいつものことだった。

「……そろそろ眠ろうかな」

明日はしほと一緒に一徹《いってつ》さんのところに行く。午後の予定なのであまり早く起きる必要はないものの、いつまでもぼんやりしているわけにはいかない。

本を棚に戻して、それからすぐに眠りにつくのだった——。

◆

「ねぇ、幸太郎《こうたろう》。ここがお友達のお家《うち》でいいのね？　カーナビではここになっているわ」

「はい。たぶん、大丈夫だと思いますけど……」

現在、俺は車の助手席に座っている。いや、正確に言うと、座らされている。

運転席には銀髪の美女がいた。十年後のしほはきっとこうなるんだろう、と思えるくらいそっくりな容姿の女性である。

彼女は霜月《しもつき》さつきさん。しほの母親だ。

「随分と立派なお家ね」

「俺もまさか、ここまで立派だとは思ってなかったです」

そんなさつきさんと俺は今、フロントガラス越しに見える大豪邸を見上げて呆然としていた。

どうやらここが『胡桃沢《くるみざわ》邸』らしいので、びっくりしていたのだ。

「お掃除が大変そうね。門から玄関まで遠いし、不便じゃないのかしら」

この豪勢な家を前にしてこういうことが言えるあたり、さすがはしほの母親である。独特な観点に思わず笑ってしまった。

「送ってくれてありがとうございます」

「運転は好きだから気にしないで」

予定では電車とバスを乗り継いで来るはずだったけど、しほからそれを聞いたさつきさんが車を出してくれたおかげで、移動は楽だった。

どうやらさつきさんはドライブが趣味のようで、運転にも慣れているご様子だった。カーナビに従って迷わずに道を進むその姿は頼もしく感じたくらいである。

しほが俺の家に遊びに来る時も、ほとんどさつきさんが送迎しているらしい。しほは絶対に認めないけど方向音痴なので、送迎は本当にありがたいと思っている。

「そろそろ待ち合わせの時間なので、行きますね」

「ええ。幸太郎とオシャベリできて楽しかったわ……ほら、しぃちゃん。もう到着したから、いつまでも拗《す》ねてないでさっさと機嫌を直しなさい」

さつきさんがあきれたようにそう言ったら、後部座席でふて寝していたしほがようやく目を開けてくれた。

とはいえ、まだまだご機嫌は斜めである。表情がむすっとしていた。

「だって、ママが幸太郎くんを奪うからっ」

「たまにはいいじゃない。助手席に乗せてオシャベリしていただけよ」

「わたしだって幸太郎くんとオシャベリしたかったもん！」

「後ろから参加しても良かったのよ？」

「仲間外れみたいでやだっ。後、幸太郎くんと隣が良かったわ」

「はぁ……愛が重たいのは私に似ちゃったのかしら。仕方ないわね、夕ご飯はしぃちゃんが大好きなカレーとハンバーグとからあげにしてあげるから、許してくれる？」

「むむむっ。し、仕方ないから、許すわ。ママ、ありがとう！」

「いえいえ。食欲に弱いところはパパにそっくりね」

こうして、微笑《ほほえ》ましい親子喧嘩《げんか》は緩い幕引きを迎えた。

胃袋を掴むってこういうことなのだろう。たちまち上機嫌になったしほが、車から降りて俺の隣にやってきた。

「しぃちゃん？　幸太郎？　安全には気を付けてね。何かあったら連絡しなさい？」

最後にそう言い残して、さつきさんの車は走り去っていった。

さて……これからりーくんと一徹さんに会うことになっているけれど。

「やっぱり、すごい建物だなぁ……インターホン、押しても大丈夫かな」

「これって本当にお家？　何かの施設じゃなくて？　すごいわ……っ」

敷地は運動場くらい。建物は体育館くらいあるだろうか？

胡桃沢という家がお金持ちなのは聞いている。でも、想像以上の規模に面食らってしまったのだ。

しかしながら、しほは俺よりも立ち直るのが早かった。

「ぴんぽーん」

口で言うのと同時、細くて白い指がインターホンに触れる。

その瞬間、門に設置された監視カメラが動いて、こちらにレンズを向けた。

『どなたでしょうか？』

聞こえてきたのは、若い女性の声。事務的で抑揚に乏しく、意図的に感情を殺しているような冷たい声音だった。少なくともりーくんのものではなさそうだ。

「あ、あの、えっとっ」

人見知りも多少緩和したとはいえ、しほはまだまだ他人に不慣れである。りーくんじゃない相手に対して口ごもっていたので、代わりに返答することにした。

「中山《なかやま》幸太郎と霜月しほです。胡桃沢くるりさんに会いに来ました」

身分を明かして、りーくんの名前を出せば、大丈夫……と、思っていた。

『お嬢様に予定があるとは聞いておりません。帰ってください』

しかし、まさか相手にもされないとは思っていなかったので、予想外だった。

「いやいや！　ちょっと待ってください……くるりさんに確認を入れてもらえませんか？一徹さんに会う予定があるんです」

『お帰りください。セールスはお断りしております』

無機質な声が、インターホンのスピーカー越しに響く。

まるで感情が宿っておらず、俺たちの話なんて聞いてくれそうになかった。

「じゃ、じゃあ……そうだ！」

こうなっては仕方ない。別の手段として、りーくんに直接電話をかけることにした。

というか、最初からこうした方が早かったのかもしれない。

『なによ？　ってか、急に電話かけないでくれる？　あんたの名前が画面に出てきたらドキドキしちゃう……あ、別に変な意味じゃないから！　びっくりしたって意味なんだからね!?』

　かわいらしくツンデレしているところ申し訳ないけど、今は無視して状況を説明した。

「え？　もう家に着いてる？　だけど中に入れてもらえない？　……まさかっ。あのクソメイドの仕業!?　ちょ、ちょっと待ってなさい、すぐに行くから!!」

　慌てた様子で電話を切られて、少し待っていると。

『あ！　おい、キミたち。あのピンクに直接電話しただろう!?　それはルール違反だ……って、痛い！　お尻を叩くなっ。そうやって暴力ばっかり振るっているからツンデレは廃《すた》れたのだとどうして理解できない？』

『うるさい！　ツンデレって言うなっ!!』

　今度はスピーカー越しに喧嘩の声が聞こえてきた。

　片方はりーくんの声である。

　そしてもう一つは……先ほど、事務的な声で俺たちを拒絶したあの声に似ていた。

　でも今は、先ほどよりも感情がこもっている。まるで、わざと意図的に声色を変えていたかのように、まったく違う声だ。

　そして、この声はどことなく聞き覚えがあって……なんだか変な感覚だった。

まさかね？

もし、俺が想像している通りの人物の声だとするなら、胡桃沢邸にいる理由が分からない。だから恐らくは思い違いだろう。

うん、そうに決まっている。

『中山、霜月、ごめんね？　すぐに門を開けるから入って……しばらく歩いたら玄関に到着するから、待ってるわ』

『く、来るなー！　こんな姿を見せたくない……コウタロウにだけは、絶対に!!』

『黙りなさい。いいかげんにしないと――』

と、喧嘩の途中でスピーカーがオフになり、音声が途切れる。

それから門が自動で開いて、俺たちを中に招き入れてくれた。

「ど、どういうことかしら？　何が何だかよく分からないわ」

「うん……とりあえず、行ってみようか」

人見知りが発動したせいなのか。

あるいは、得体の知れない人物の声を怖がっているのか。

しほは不安そうな表情で、俺にピタリとくっついて歩いていた。

そして、歩くこと数分。ようやく到着した玄関の入口はすでに開いていた。

扉付近で、二人の人物が俺たちを待ってくれている。

一人はピンク髪のツインテール少女こと、胡桃沢くるりである。

そしてもう一人は——金髪碧眼の美女だった。

見おぼえがある、というか……知り合いである。悪い予感が見事に的中した。

「なんで、メアリーさんが？」

あの不気味な人物が、なぜか胡桃沢さんの家にいる。

しかもメイド服を着用していたので、意味不明だった。

「ちっ。追い返せなくて残念だよ」

「こら。客人にそんな口を利くのはやめなさい。減給するわよ？」

「な、なんだって!?　それだけはどうか……どうか、やめてくれっ」

二人はどんな関係なのだろう？

今のやり取りを聞いていると、りーくんの立場が上に感じる。

これではまるで、使用人と主人のようだった。

「とりあえず二人に謝りなさい」

「…………」

「ふーん？　じゃあ、今月の給料は半分ね」

「クソ！　分かったよ、謝ればいいんだろう？　ごめんなさい！」

「やればできるじゃない。素直な人間があたしは好きよ？」

「うぅ……屈辱だっ。見るな……コウタロウ、こんなワタシを見ないでくれっ。惨《みじ》めで痛々しくて情けない負けキャラを、見ないでくれー！」

そんなこと言われても困る。

もう見てしまったので、曖昧に笑うことしかできなかった。

「中山、霜月、あたしの家にようこそ。あと、うちのメイドが粗相しちゃって申し訳ないわ。ちゃんとしつけておくから、今回は多めに見てちょうだい」

「それはいいんだけど……説明はほしいなぁ」

「話せば長くなるから、中に入って。ほら、メイド？　案内はあんたの仕事でしょ？」

「……くそぉ」

悔しそうに歯を食いしばりながらも、メアリーさんは俺たちを先導するように歩き出した。

自由奔放で、他人の意見なんて歯牙にもかけない、わがままで横暴なメアリーさんが、素直にりーくんの言うことを聞いている。

これはとんでもない事態だった。

よっぽどの出来事があったのだろう……メアリーさんが胡桃沢邸のメイドになった経緯《いきさつ》を、ぜひとも知りたかった。

「……うぅ。幸太郎くん、あの人ってやっぱり怖いわ」

一方、しほはずっとメアリーさんに怯《おび》えていた。

一時期はクラスメイトだったので、しほにとっても一応は顔見知りだ。しかしながら、良好な関係性とは言えないだろう。

文化祭の時は火花を散らした二人でもある。あの時は俺を守るためにしほが勇気を出してくれたけど、今のしほにあの頃の面影は皆無だ。

「おっと。良いご身分だねぇ……シホ？　今もコウタロウの後ろに隠れてるのかい？　良かったねぇ、守ってくれる王子様がいて。羨ましい限りだよ。お姫様はいつだって守られるんだから、不平等な世界だと思わないかい？」

この中で唯一、しほだけがメアリーさんに萎縮している。それに気付いたのか、メアリーさんが標的を変えた。

彼女らしい、皮肉めいたセリフ回しが繰り広げられる。

しかし、それは一瞬の出来事である。

『ペチン！』

乾いた音が響いた。

それは、りーくんがメアリーさんのおしりを叩いた音である。

「いいかげんにしないと、おしりぺんぺんするわよ」

「もうしてる！　手を上げた後に言うのはやめてくれないかな!?」

「霜月を怖がらせるのはやめなさい」

「注意と体罰の順序が逆だ！　まったく、これだから暴力ツンデレヒロインが嫌われたんだ……時代遅れも甚《はなは》だしいね。嫌われろ、負け属性！」

『ペチン！』

「む、無言で叩くのはやめてくれっ。痛くはないんだけど、心が痛い……」

「勘違いしないでね。あんただけが特別よ。普通の人間を叩いたりなんてしないんだからね」

「ワタシも普通の人間だと言ったら？」

「普通の人間は相手が怯える顔を楽しんだりしないのよ。性格悪いわね……まったく」

やっぱり、二人の間には明確な主従関係があるようだ。

おかげでメアリーさんによるしほいびりもすぐに終わった。

「幸太郎くん……っ」

とはいえ、すっかりしほは怖がりモードだ。まだ不安そうな顔をしていたので、安心してもらえるように彼女の背中をさすってあげた。

「んにゃ……えへへ」

それで少しは気が和らいだのだろうか。しほは小さく笑ってくれた。

とりあえず、しほには少し時間が必要だろう。もしかしたらメアリーさんにも慣れてくれるかもしれないので、気分が落ち着くまで待つことにした。

そんなこんなで、目的地に到着した。

案内された場所は応接室……と呼ぶのかな？　八畳くらいの部屋には対面で置かれた二人用のソファが二組と、中央にはテーブルが設置されている。

片方のソファに座ると、すかさず隣にしほが座った。

「失礼。ワタシも座らせてくれ」

そしてなぜか、俺を挟んでしほの反対側にメアリーさんが座ったおかげで、急に狭くなった。

二人用のソファなのに、しほ、俺、メアリーさんの三人が並んで座っている状況だ。

「メアリーさん、向かい側が空いてるよ？」

「上座は主《あるじ》に譲るよ。ワタシは従順なメイドなんだ」

「いや、狭いからどいてほしいって暗に言ってるんだ」

「『暗に』の意味を知ってるのかい？　そこまでハッキリ言わないでくれよ」

いや、君が言葉の意図を理解していないはずがない。

分かっている上で、立ち上がる気はないらしい。足を組んで、むしろ俺に密着してきたので、困ったものだった。

「むぅ。幸太郎くん？　分かってるわよね？」

「それはもう、しっかりと」

さっきからずっとしほがやきもちを妬いていることなんてとっくに気付いている。俺が違う女子と密着しているのが気に入らないのだ。

「メアリーさん……さっきから当たってるんだけど」

「当たってるんじゃない。当ててるんだ。ほら、巨乳だ。シホにはないだろう？　ワタシに鞍替《くらが》えすれば、自由自在にしてもいいんだよ？」

「笑」

「鼻で笑った!?　おい、コウタロウ……巨乳に興味がないなんて、本当に男かい？」

さて、どうしたものか。

メアリーさんの甘ったるい匂いと、しほのほわほわした甘い匂いに挟まれて、思わず苦笑してしまう。

板挟みの状況を打開しようと試みたけれどうまくはいかなかった。

でも、彼女は決まってこういう時に助けてくれるわけで。

「クソメイド、どきなさい。その無駄にでかい乳で彼を困らせるのはやめて。そんな下品なだけの肉よりも、慎ましやかでほどほどの大きさが好きに決まってるでしょ……そうよね、こーたろー？」

りーくんが、助け舟を出してくれた。

助け舟……だよな？　なんだか圧も感じるけれど、とりあえずメアリーさんはりーくんの言うことだけはちゃんと聞くようで。

「コウタロウはちっぱい好きになってしまっていたのか……くそっ。これでは寝取れないじゃないか。作戦失敗だね」

いや、別に大きいのも嫌いじゃないけどね？　それを言うと今度はりーくんを不機嫌にさせてしまいそうだったので黙っておこう。

メアリーさんはぶつぶつと不平を呟《つぶや》きながらも、大人しく立ち上がってスペースを空けてくれた。

「ふぅ。やっと座れるわね」

「……狭いんだけどなぁ」

ゆったり座れるようになったと思ったのも束《つか》の間。

今度はりーくんが俺の隣に座ったので無意味だった。

「ごめん、りーくん。しほが妬いちゃうからあっちのソファに座ってくれないかな」

「あら？　霜月、あたしがここに座るのはダメ？」

「……くるりちゃんなら大丈夫。あの人じゃなければ、我慢できるわ」

おっと、しほが珍しくりーくんを受け入れている。

俺が他の女性と接するのをイヤがるのに……よっぽど、メアリーさんのことは警戒しているようだ。

「やれやれ。そんなに敵視しないでほしいものだねぇ……ワタシは何もしないさ。まぁ、今はしないというより『できない』と言う方が正しいけれどね」

あからさまな態度をとるしほにメアリーさんは苦笑しながら、対面のソファに腰を下ろした。足を組んで、まるで俺にパンツを見せつけるようなポーズをとっている。

それでもドキドキしないから不思議なものだった。メアリーさんは恋愛の対象に入らないんだと思う。

自分で言うのもなんだけど、俺はかなりしほが大好きなんだろう。女性の体形やスタイルに拘《こだわ》りがなかったのに、今はしほのようなタイプが好みになっている。

対して、メアリーさんはしほと真逆のスタイルと表現しても過言じゃない。だから胸を押し当てられても、パンツを見せつけられても、何も感じなかった。

「おいおい、コウタロウ。パンツを見て顔を真っ赤にして……ない、だと!? こ、こんなにムチムチな金髪メイドJKにエロいことをされて無表情なんて正気かい？」

「笑」

「また笑われた!? じ、自信が……ワタシの自信が、崩れていくぅ」

かつてはあんなに不敵だったメアリーさんが、今ではちょっと涙目だった。

若干しおらしくなっている。

しかし、これくらいでりーくんは満足しないらしい。

「ねぇ、使用人がご主人様と同じ目線なんておかしいと思わないの？」

「思わないね。なぜならワタシはこの中で一番巨乳だから」

「胸の大きさでしか優劣を語れないなんて愚かで惨めな生き物ね。減給されたいのかしら？」

「ちっ。はいはい、分かった分かった！ 立てばいいんだろう!?」

ソファが丸々一つ空いているのにメアリーさんは座ることができないようだ。

仕方なさそうに立ち上がって、だというのにりーくんは更に追い打ちをかける。

「頭《ず》が高いわよ」

「いったいどうしろと？」

「床に正座すればいいじゃない」

「……くそぉ」

まさか、普通に立っていることすら許可されないなんて。

りーくんはメアリーさんにかなり厳しかった。たぶん、日頃の振る舞いが悪いんだろう。些細な会話でもりーくんを貶《けな》そうとばかりしているので、自業自得かな。

「幸太郎くん、あの人はやっぱり危険だわっ。あなたを誘惑してるもの」

「ええ、その通りよ霜月。気をつけなさい……こーたろーが襲われかねないわ」

「うん！　幸太郎くんはわたしたちで守りましょうっ」

まさかの庇護対象である。

まぁ……確かにメアリーさんは俺の上位互換みたいな存在なので、彼女を上回る自信がない。守られていた方が安全な気もするので、大人しく二人に身を任せようかな。

「ぐぬぬっ。ワタシがすべてを失ってさえいなければ……シホとクルリなんて泣き喚《わめ》かせることができるのにっ」

一方、メアリーさんは悔しそうな表情でこちらを睨《にら》んでいる。

正座したまま、上目遣いで、涙目になっているので怖くはない。

むしろかわいらしさも感じるくらいで……あの、常に冷静沈着で大胆不敵だったメアリーさんとはまるで違う表情は、彼女らしくなかった。

いったい何があって、メアリーさんはりーくんのメイドになったのだろう？

その経緯を、俺の隣で微《かす》かにほっぺたを赤くしているりーくんが教えてくれた。

「え？　これをメイドにした理由？　うーん、どう説明したものかしら……起きた出来事をありのまま説明すると『拾った』としか言いようがないわね」

それではまるで捨て犬だった。

にわかに信じがたい説明である。でも、りーくんは冗談で言っていないようだ。

「ゴールデンウィークに知り合いの冠婚葬祭でアメリカに行ったのよ。その時にね、道端《みちばた》でずぶ濡れになっているこの子を見つけたから、つい見捨てられなくて」

本当に捨て犬みたいな状況だった。

たしか、メアリーさんのご両親は世界でも有数の資産家だったはず。たまたま雨の日に道端に立っていただけ……と、考える方が自然だろう。

捨てられていたという意味が、よく分からない。

そのあたりの説明は、どうやら本人がしてくれるようだ。

「……拾われたことには感謝してるよ。まさか、一夜にして住居や資産などすべてを失うとは思っていなかったからね。一文無しで途方に暮れていたところで、このピンクが家に招いてくれたんだ」

どうやら、想像以上の出来事がメアリーさんの身に起きていたようだ。

「それはすごく大変だったわね。お疲れ様」

「ちっ。ワタシが落ちぶれた一因は、キミのクソジジイに商戦で敗北したことにもあるんだけどね？　あのままくたばっていればいいものを、無駄に元気になるなよ！」

「ざまぁみろ――って言っていい？」

「言うな！　くそっ……まぁ、とはいえクソジジイの件に関しては、あくまできっかけに過ぎないさ。それがすべてというわけじゃない」

あのメアリーさんが落ちぶれた理由、か。

皆目見当もつかなかったので、静かに耳を傾けた。

「三月くらいだったかな？　ある日、突然うちの父が経営している会社が潰れたんだ。競合他社にしてやられたのを皮切りに、裏でやっていた悪どいことを内部告発されて、信頼していた部下に裏切られた上に、更に税金関連の処理に不備が見つかってね……てんやわんやだったよ。おかげで父は資産のほとんどを失った。今はもう商売はこりごりだと言って、母と一緒に田舎で隠居暮らしをしてるよ。晴耕雨読の日々さ……前より今の方が幸せそうでムカつく程に穏やかな日々を送ってるらしい」

「ご両親についていくという選択肢はなかったのかしら。生活する資金もないくせに自立するなんて愚かにもほどがあるわよ」

「……一応、目算はあったよ。ワタシが独自に稼いで運用していた資産があったんだ。でも、それすらも奇跡的な暴落によって失ったんだけどね」

なるほど……話をまとめると、色々と不運なことが重なって彼女はすべてを失ったと、そういうことになるのか。

「まぁ、一つ一つの出来事は驚きこそするけど、予想の範疇だった。何か一つでも不幸が起きていなければ、ワタシの状況に変化はなかっただろう。残った武器を軸にいくらでも立て直すことが可能だ……でも、一度に全てが発生した。天文学的に低確率な事象だろうね。このワタシが自失するのも無理がないと思えるほどに不幸だった」

それらの理由を、メアリーさんはこう語る。

「まるで『神様』がワタシを見捨てたかのように――ね」

彼女の視線は、まっすぐしほへと注がれていた。

「あるいは、不都合だと処理されたのかな？　絶対的な存在に抗《あらが》い、敗北した代償を払ったのかもしれないね。おかげでワタシは『資金』という力の根源がなくなって、『万能』という権能を失った。あれ以降、やることなすことうまくいかない日々が続いている。おかげで自信も喪失して、判断力も鈍《にぶ》っている。今のワタシはただの金髪巨乳メイドであり、お色気キャラの一人でしかない。チートじみた力が、もうないんだ」

断言できる。しほのせいで、メアリーさんは不幸になったわけじゃない。

でも、彼女はたぶん……しほに原因があると、そう分析しているようだ。

彼女特有の『メタ的な思考と考察』の結果なのだろう。

「メインヒロインに抗うという禁忌を犯した罰がこれだよ。いやぁ、困ったものだ……いったい誰が原因なんだろうね？」

問いかけながらも、目線はしほに固定されている。

「ああ、どうせ無意識なんだろう？　ワタシのことなんて歯牙にもかけていないことは明白さ。でも……ワタシは諦めない。どんなに泥水をすすっても、その喉元を食いちぎってやる」

……なんだか異様な空気が流れていた。さっきまではコメディだったのに、いつの間にかメアリーさんの独特な雰囲気に呑まれかけている。

「メインヒロインめ……今に見てろよ？」

そういえば、かつてのメアリーさんからもこんな空気が漂っていた。

「っ……」

久しぶりに味わう不気味な感覚に、少しだけ気後れしてしまう。しほも明らかに怖がっていて、隣に座る俺の手をそっと握った。

このままだと彼女にペースを握られてしまいそうだ……と、思ったその瞬間である。

「こらっ。意味不明なことを言ってみんなを困らせるのはやめなさいって前に言ったわよね？　あんたの妄想は日記にでも書いてればいいじゃない」

冷静な声が、メアリーさんの空気をぶち壊した。

「……妄想じゃないんだけどねぇ。これだから自分がキャラクターである自覚もない程度の弱キャラは――」

「減給」

「……くそぉ！　せ、せっかくシリアスに切り替えられそうだったのにっ。キミはいつもワタシの邪魔をする……嫌いだ!!　本当に嫌いすぎるっ」

りーくんのたった一言により、メアリーさんは降伏を余儀なくされていた。

どうやら、胡桃沢くるりという少女はメアリーさんに抗体を持っているらしい。まるで天敵である……面白いくらいに、メアリーさんの思い通りにならない存在だ。

「ごめんね、二人とも。うちのクソメイド、たまに変なことを言うのよ……物語がどうのこうのとか、キャラクターがなんとかかんとかって、意味が分からないから無視して。こういう生き物なのだと受け入れちゃえば楽になるから」

彼女の発言によって、メアリーさんの言葉が『戯言《ざれごと》』という烙印を押される。

おかげで、クリエイターの謎めいた発言ではなく、おふざけキャラの痛々しい発言に格下げされていた。

胡桃沢さんの隣にいる限り……メアリーさんはたぶん、脅威にならない気がする。あまり警戒しなくても良さそうなので、少し安堵した。

メアリーさんはいつも状況をかき乱す。敵にもなるし、味方にもなる曖昧な存在なので、厄介なのだ。

前回、秋葉原《あきはばら》にデートに行って以降、一度も会うことはなかったのに、いつも存在が頭の片隅から離れなかったのはそのせいだ。

でも、これからは天敵のりーくんが制御してくれると思うので、あまり怖がらなくても良さそうである。

「そういえば、あたしの部屋が掃除されてなかったのよ。そこの憐《あわ》れなメイドはその理由を知ってる？」

「もちろん知ってるさ。なぜならワタシの仕事だからね？　サボってやったんだよ、ばーか！　誰が時代遅れの暴力ツンデレヒロインなんて世話すると思うんだい？　嫌われていることを自覚するがいい!!」

「ふーん？　ご主人様にそういう態度を取れるなんて、ずいぶんと偉いメイドね。来月はタダ働きかしら」

「くっ……分かったよ、掃除すればいいんだろう!?」

「ええ。分かればいいのよ、分かれば。さっさと行きなさい」

まるで野良犬を追い払うかのような仕草で手を振っている。

もう、メアリーさんのターンは終わった。

そう告げるかのように、りーくんは彼女を追いだした。

「……ああ見えて仕事は有能だったりするのよね。掃除は丁寧だし、料理は何でも作れるし、コーヒーや紅茶を用意させたら右に出るメイドはいない。あれで中身がまともなら、文句はなかったけれど」

そう言ってりーくんはため息をついた。

普段から頭を悩まされているのだろう……同情はできるけど、やってあげられることはないので、苦笑することしかできなかった。

「さて、あの乳しか取《と》り柄《え》のないメイドのことはこれくらいにして……そうそう、おじいちゃんに会いに来たのよね？」

ようやく、本来の目的が話題に出た。

今日、俺たちがここに来たのはりーくんの祖父——胡桃沢一徹さんに会うためである。

手術が成功して元気になってはいるものの、やっぱり直接顔を見ると安心できるので、定期的にお会いしているのだ。

「そうだわっ。おじいちゃまに会いに来たんだった！」

メアリーさんのせいでしほはすっかり忘れていたらしい。

「もう退院してるんだよね？」

事前の連絡で、一徹さんは退院してこの胡桃沢邸に帰ってきている……と聞いていた。

だったら、この邸宅のどこかにいるのだろうと、思っていたけれど。

「それがね、退院が遅れてるのよ。本当は今日、この家に帰ってくるはずだったけど」

「えっ。じゃあ、おじいちゃま……まだ病気なの？」

説明を聞いて、俺としほの表情が変わったのに気付いたのだろう。

りーくんが慌てた様子で首を横に振った。

「ち、違うのよ。別に調子が悪化したわけじゃなくてね？　お医者さんの判断で、もう少しだけ回復状況を見たいっていうことらしいの」

俺たちが思うよりも悪い状況ではないということなのだろうか？

「本来なら、こんなに早く退院できない……それくらいの大病だったのよ。最後にもう一回だけ検査をして、それで問題なければ退院するみたい」

「えっと……つまり、一徹さんは元気ってこと？」

「少なくとも病院にステーキをデリバリーしようとして怒られるくらいには元気よ」

「……よ、良かったぁ」

話を聞いて、しほは不安そうな表情から笑顔になっていた。

とりあえず状況が悪くないようで俺も安心した。

「ごめんなさいね。余計な心配をさせちゃって……そういうことだから、この家にはまだ帰ってきてないのよ。今は病院でふて寝してるわ。『もう病院食は飽きた。老いぼれだからと言って薄味で満足すると思わないでほしいのじゃが？』って」

一徹さんらしい発言に頬が緩んだ。

食欲があるのは元気な証《あかし》だと思う。

それは良いことなんだけど……そうなると、俺たちがここに呼ばれた理由が分からない。

お見舞いということであれば、今まで通り病院に直行した方が良かったと思う。しかし、
胡桃沢邸に来たのはりーくんにそう言われたからだ。

「ちなみに、午前中で検査は終わってるわ。諸々の手続きもしないといけないから、退院は明後日になると思う」

「じゃあ、今日は病室に行くってこと？」

「そうなのだけれどね？　その前にちょっと、会ってほしい人がいて……」

と、りーくんが何かを説明しかけた、その瞬間である。

「会いたい人は――そう、私でーす！　どうもどうも、二人とも初めましてだね～！」

良く言えば元気いっぱい。悪く言えば少しうるさいくらいの声を発しながら、部屋に女性が入ってきた。

恰好《かっこう》は……メアリーさんと同じメイド服だ。細身ながらに身長は高く、モデルさんみたいなスタイルである。ただ、髪の毛の色が赤と青のツートーンカラーでとても奇抜だ。似合ってはいるけど。

年齢は、見た目だと判断が難しい。

たぶん俺たちと十くらいしか離れていない……いや、違うかも？　もっと年上な気もするし、年が近い気もする。綺麗な見た目なせいか年齢が不詳だった。

胡桃沢邸で働くメイドさんの一人、なのだろうか？　そんな彼女が、俺たちを満面の笑みで見つめていた。

「へいへい！　二人ともそんなびっくりした顔でどうしたの？　あ、もしかして人見知りさんかな？　警戒しなくてもいいんだよ、私はどこにでもいるメイドさんなんだからね！」

「メイドはどこにでもいないかと」

「それなー！」

「……あはは」

さて、困った。

この人、テンションが高すぎる。

とりあえず笑ってはみたものの、どう対応していいか分からなかった。

「君が霜月ちゃんかにゃ？　ふむふむ、かわいい！」

「え？　え？　え？」

「ぎゅーってしていい？　ぎゅー！」

「あわわっ」

しほも戸惑いっぱなしである。

慌てふためいてはいるものの、とりあえず言われた通り素直に抱きしめられていた。

いったいこの人は誰なんだろう？

胡桃沢邸の使用人かと思ったけど、それにしては少し自由奔放すぎる気がした。

「むむっ。意外と……ほう、将来性はありと見た！　少なくともくるりんちょよりは良いわね。この子ったら私に似て貧相な体なのよ～！」

「ちょっと。抱き着くくらいだったらいいけど、セクハラはやめてよ……お母さん！」

…………お母さん？

え？　この方が、りーくんの母親⁉

クールで落ち着いている彼女と比べたら雰囲気が正反対なのでびっくりしてしまった。

「初めまして～！　くるりんちょのママであり、母親でもある、お母さんです♪」

「全部一緒よ。結局、母親以外の情報がないわよ」

「ちなみに年齢はな・い・しょ☆　……と思いきや、永遠の十七歳でしたー！」

「娘と同じ年齢の母親なんていないからっ。お母さん、ふざけないで！」

りーくんが明らかに手を焼いている。

しかし、彼女のお母さんは止まる気配がなかった。

「君が幸太郎ちゃんかにゃ？　よう！」

今度は俺に近づいてきて、顔を近づけてくる。

吐息が触れるほど間近で見られて、少し狼狽《うろた》えてしまった。

「ど、どうも……中山幸太郎です」

「中山！　ふむふむ、ほーん？」

何を確認しているのだろう？　見るだけでは飽き足らず、更に鼻をつまんだりほっぺたをつついたりしてきた。

不思議な状態だけど、黙っているのも居心地が悪い。

「あの、りーくんのお母さん……は呼びにくいので、お名前を教えてくれますか？」

さっきから気になっていることを聞いてみることに。

でも、この人はやっぱり胡桃沢くるりの母親だった。

「名前は……おしえませ～ん♪　おばさんって呼んでいいのよ？　十七歳だけど！」

天邪鬼《あまのじゃく》である。りーくんが可愛く見えるくらいに、聞かれたことを素直に答えてくれない。

年齢も名前もメイド服を着ている理由も何も分からなかった。

「ちょっと！　お母さん、彼を困らせるのはやめてっ」

「いや～ん。くるりんちょったらすぐ怒ったらダメ！　幸太郎ちゃんもそう思わない？」

「あ、いえ……えっと」

「むふふっ。おいおい、幸太郎ちゃんったら緊張してるのかにゃ？　よしよし、可愛いのう！　仕方ない、おばさんの胸でも揉んで落ち着け……あ、Ａカップしかないんだった！　これは大変だ。まな板じゃねぇか！　幸太郎ちゃん、揉んで大きくしてもらっていい？」

「やめて！　こーたろーに下品なこと言わないでっ‼　お母さん、そういう変なことを言わない約束だったでしょ⁉」

りーくんは自分の母親に慌てていた。普段、人前では俺のことを『中山』と呼ぶようにしているみたいなのに、今は余裕がないのか昔の呼び方に戻っている。

まぁ、彼女は感情的になるとたまに『こーたろー』と呼んでいるけど……それはさておき。

「お母さんがどうしても会いたいっていうから紹介したのに、あたしの顔に泥を塗らないでくれる？」

「そうなんだよね～！　霜月ちゃん、幸太郎ちゃん、聞いてくれる⁉　私はずっと二人に会いたかったのに、くるりんちょに阻止されててね、今日はもう泣いて土下座して駄々をこれまくってようやく会うことができたの♪　嬉しすぎてパンツをはいてないくらいっ!!

幸太郎ちゃん、見たい？」

「ダメに決まってるでしょ！　お願いだから、下品なことを言わないでっ」

……りーくんは恐らく、意図的に母親について隠していたのだろう。

今まで何度か一徹さんのお見舞いに行ってるのに、やけに親族に会わないなぁと思っていたのだ……なるほど、りーくんが阻止していたのか。

「二人とも、ごめんね？　……うちのお母さん、バカなの」

「ちゅっ。おバカでご・め・ん♪」

「……もう用事が済んだら帰ってよ！　二人に挨拶できたしもういいでしょ!?」

「え～？　やだやだ、まだ遊びたいっ。霜月ちゃんの髪の毛とかくんかくんかしたいし、幸太郎ちゃんのことぺろぺろしたい!!」

「――出てって!!」

あ、りーくんがキレた。

自分の母親に飛びかかって、その首根っこを掴んだ。そのままずるずると引きずって、部屋から追い出そうとしている。

りーくんのお母様はそれでも笑いながら俺たち……いや、俺のことをずっと見ていた。

「いやん、もう終わりなんて寂しいにゃあ。ま、いいんだけど……幸太郎ちゃん、大きくなったね。うんうん、おばさんは嬉しい♪」

「……え？」

その一言は、まるで幼い頃の俺を知っているかのようで。

「またね♪　かなかなちゃんとちりちりちゃんによろしく～！」

「ちょっ、あの！」

「え？　おっぱい飲みたい？　しょうがないにゃぁ……くるりんちょが飲んで以来で出るか分からないけど、どうぞ♪」

「出るわけないでしょ!!　帰れ!!」

詳しく聞きたいこともあったのに、いちいちちりーくんに怒られるような発言をするせいで、何も質問できなかった。

かなかなちゃんとちりちりちゃんって、俺の母親である中山加奈《かな》と、叔母さんである一《いち》条《じょう》千里《ちり》のことだよな？

だったら、そうだ……昔、二人の実家を手伝っているメイドさんがいて、その人はたしか『胡桃沢さん』だったはず。

つい数日前、メイドカフェで母さんもそんなことを言っていた。その胡桃沢さんという人物は……りーくんの母親、ということになるのか？

このあたりのことを、もう少しちゃんと知っておきたい。

できれば、りーくんに教えてほしいこともあったけれど。

「ごめんなさい。本当にごめんなさいっ。あたしが悪いの。お母さんがどうしても二人に会いたいって泣きわめいて、挙句《あげく》の果てにあたしの足を舐めて懇願してきたから、断れなくてっ。母親のああいう姿は見たくなかったの。娘にへこへこしないでよ、もう！」

顔を真っ赤にして怒っているので、これ以上母親のことに触れるのは良くない気がした。

俺以外の事では基本的に冷静なのに、母親の事では取り乱すことが多いらしい。

こうなっては仕方ない。今後、機嫌が良さそうな時を狙って聞いてみようかな。

とりあえず、リーくんの母親は衝撃的だった。

……そういえばしほはどんなリアクションをしているのだろう？　と、気になったので彼女の様子を見てみると。

「お、おっぱい……うぅ～」

なぜか顔を真っ赤にして、俺をジトっとした目で見ていた。

りーくんと系統が違うけど、こちらも顔が真っ赤である。

「しほ、どうかした？」

「幸太郎くんは、飲みたいの？　へ、変態さんね……いえ、でも男の子ってそういうものって、ネットで見たことあるわ。だったら、うぅ……恥ずかしいけどっ」

「……何の話？」

「おっぱい。飲みたいのなら……出るかは、わかんないけど」

「飲みたいなんて一回も言ってないよ!?」

いつの間にか俺が変態になっていて心から遺憾だった。

りーくんの母親も冗談で言っただけと思う。でも、しほは本気にしたらしい。

「わたしは大丈夫よっ！　それぞれ、個性があるものね……うん、びっくりはしてるけれど、受け入れる準備もできてるの。幸太郎くん、自分を隠さなくていいからね？」

「隠してない！　絶対に、隠してないから!!」

本当に、勘違いしないでほしい。

俺は絶対に変態じゃないんだから！

……って言うと、ツンデレ発言みたいで逆に変態だと思えてくるから、不思議だった

——。

◆

それからしばらく。

りーくんとしほがようやく落ち着いた頃合いで、俺たちは胡桃沢邸を出ることになった。

この家に呼び出された理由は、りーくんの母親と会うためだったらしい。そのついでにメアリーさんと遭遇した、ということになるのかな。

用事が一通り終わったので、今度は本来の目的である『一徹さんのお見舞い』に向かっている。胡桃沢家の所有しているリムジンで快適な移動時間を過ごした後、病院に到着した。

受付で手続きをすませて病室に直行。扉は閉まっていたけれど、りーくんがノックもせずに乱暴に開け放った。

「おじいちゃん、来たわよ。まだ生きてる？」

「無論。ここの病院食を最後の晩餐《ばんさん》にするくらいであれば死神に媚《こ》びてでも生にしがみつくであろうな」

一徹さんらしいセリフに頬が緩んだ。

りーくんに続いて病室に入ると……巨漢の老翁がベッドでふて寝していた。

「元気なら何よりです」

「小僧……否、幸太郎じゃな。貴様も来たのか」

声をかけると、一徹さんがこちらに顔を向けてくれた。

七十歳を超えているようには見えないたくましい肉体と、鋭い眼光に衰えはない。近くにいるだけで萎縮しそうになる威圧感は、この人特有のものだ。

しかし、一徹さんは彼女を視認した瞬間、ただの好々爺《こうこうや》へと変貌する。

「おじいちゃま、こんにちはっ」

「お！　しほではないか、よく来たのう～。ほれ、こっちに来い。その愛らしい顔をもっと見せてくれんか？　菓子も大量にあるぞ？」

「やったー！　お菓子だぁ～♪」

恐らく、お見舞いの品だろう。ベッドわきに積まれた菓子類を餌にしほをおびきよせてニヤニヤと笑っていた。

見ているこっちが恥ずかしくなるくらいにデレデレである。

「まったく……霜月がいたら分かりやすく機嫌が良くなるんだからむかつくわね」

しほを甘やかす一徹さんと、甘やかされて嬉しそうなしほを横目に、りーくんがため息をついた。

「りーくんとはまた態度が違うよね。やっぱりそういうのってイヤ？」

念のため、関係性にひびが入らないように確認を入れてみる。

でも、俺の不安はやっぱり杞憂に終わった。

「いいえ？　別に……あたしはむしろ、ああいう態度の方が接しにくいから今でちょうどいいわよ。できれば、あたしたち以外の人間にも普段からもう少し愛想を良くしてほしいけれど」

と、不機嫌そうな顔をしているものの……一徹さんの元気そうな姿が嬉しいのか、りーくんはいつもより表情が明るかった。

「手術前と比べたら、ね」

たしかに、あの頃と今は雲泥の差である。

しほにデレデレしているのは元気な証でもあるので、そのことに関してりーくんが不満に思うはずはないのか。

「それに、なんていうか……霜月のことになると、不思議と寛大になれるのよ。あたしは心が狭い人間だけど、彼女の大抵のことは許せてしまう。なんとなく、妹みたいに感じてるのかもしれないわね」

まぁ、実際……親族ではあるので、血縁的に考えると近しい関係ではある。

一徹さんが離縁した息子がしほの父親なのだ。つまり、りーくんの母親としほの父親が兄妹《きょうだい》なので、従妹《いとこ》ということになる。

そのことを本人たちはまだ知らないようなので、俺から言えることはないけど。

「おじいちゃまっ。あのねあのね……なんと、期末テストで赤点を回避したのよ！　すごいでしょうっ」

「なに!?　しほは天才じゃな……よしよし、ご褒美になんでも願いを叶えてやろう。何が欲しい？　金か？　土地か？　権力か？」

「なんでもお願いしていいのねっ!?　じゃ、じゃあ……夏休みにね、みんなで一緒に海に行きたいの。だから、おじいちゃまのビーチに行ってもいい？」

ああ、そういえばそんな話もしてた気がする。

胡桃沢家が所有するプライベートビーチで遊んでもいいか、一徹さんに聞こうと前に話していたので、それをしほは覚えていたようだ。

「そんなことで良いのか？　無論、遠慮なく使え」

「やったー！　ありがとう、おじいちゃまっ」

「ほっほっほ。別に構わん……で、それだけか？　しほは欲が薄いのう。あ、ここのお菓子はどうじゃ？　なかなか美味しそうなものがたくさんあるぞ。たくさん食べると良い」

「わーい♪　うふふ、おじいちゃまはいつもお菓子をくれるから大好きっ」

「そうかそうか。それは何よりじゃ」

……いや、たぶん血縁がどうとか関係ない気がしてきた。

あの甘えっぷりと、甘やかされっぷりを見ていると、しほに対して寛大になるのは彼女の性質が原因な気がした。

「……たしかにある意味天才ね。あれで人見知りじゃなければ、たぶんものすごい人間になってたかも」

今でこそ、心を許した相手に限定されているものの、すべての人間に対してこの態度を取れるなら……確かにとんでもない事態になっていただろう。

愛される才能がしほは随一なのかもしれない。

「もぐもぐっ」

しほがハムスターみたいにお菓子を頬張り始めて、ようやく二人の会話が終わった。一徹さんもおやつの邪魔をしないように無言でニコニコしているだけである。

その隙に、ようやくくりーくんが一徹さんの隣に座った。

「おじいちゃん、検査はどうだったの？　午前中にあったのよね？」

「概《おおむ》ね良好じゃ。入院生活で足腰が弱っているのか、歩くと少しだけふらつくがな。一か月くらい通院してリハビリすれば回復するじゃろう」

「そうなの？　それはまぁ、良かったわ」

うん。本当に良かった。

ひとまず無事を確認できたので、俺とりーくんは顔を見合わせて笑った。

なんだかんだ、検査という言葉は苦手である。万が一のことを考えて不安になってしまうから。

「幸太郎も、くるりも、心配性なのは損じゃぞ？　しほくらい能天気でいても良い……ただ、くるりよ。貴様の母親みたいにはなるな。あれは能天気じゃなくてただの『阿呆』じゃからな？」

「言われなくても分かってるわよ。お母さんみたいには死んでもならない」

「やれやれ、育て方を間違えたのじゃな。自由にしすぎたかもしれん」

りーくんのお母さん、かなり破天荒な気質なのだろう。父親の一徹さんと娘のりーくんはいつも振り回されているのか、二人とも険しい表情になっていた。

俺は楽しい人だと思ったけど、他人だからこう言えるのだろう。身内になったらまた違う反応をするのかもしれない。

「お母さんは夕方頃に来るそうよ。それまでには帰るわ」

「そうなのか？　で、あれば……くるりよ、買い物を頼みたい。饅頭《まんじゅう》を近くのコンビニで買ってきてくれんか？」

「甘い食べ物ならたくさんあるでしょ？　ほら、今もしほが食べてるじゃない」

「洋菓子は好かん。和菓子が良い」

「そうなの？　食べたいなら買ってくるけど……後でお母さんに買ってきてもらうのはダメなわけ？」

「娘のくせに知らんのか？　あれはな、言われたことを言われた通りにやることが嫌いなのじゃ。嫌がらせで納豆を買ってくる可能性がある。儂《わし》が嫌いなことを分かっている上で、な」

「……確かにそのとおりね。ごめんなさい、うちの母親がバカで」

「謝る必要はない。むしろ、こちらこそすまない……娘がバカで」

またしても同時にため息をつく二人に、思わず笑いそうになった。

まぁ、それはさておき。とにかく、買い物ということであれば……りーくんが行かなくても良いだろう。

「俺が行こうか？　りーくんはここで一徹さんとオシャベリでもしててよ」

おじいちゃんと孫の時間を邪魔しないように、と提案してみる。

しかし、りーくんは俺のことを少し特別扱いしているわけで。

「あんたに迷惑をかけるくらいなら、おじいちゃんに我慢してもらう方を選ぶわ」

「それは困る。幸太郎、病院食は尋常じゃないくらい薄味なんじゃ……ここは引け。貴様はここにいろ」

提案は即座に却下されてしまった。

りーくんと一徹さんがそう言うのなら、仕方ないか。

「あ、わたしも行きたいっ。おじいちゃまにオススメの大福があるのっ」

「大福となな？　ふむ、それでは変更じゃ。くるりよ、饅頭ではなくしほオススメの大福を頼む！　楽しみにしておるぞ？」

「はいはい。じゃあ、行くわよ。しほ、あたしから離れて迷子にならないでね」

「心配なら手でもつなぐ？」

「……まぁ、いいけど」

と、いうことでしほも買い物に行くことになった。

仲睦まじく二人で手をつないで、部屋を出ていく。

その後ろ姿を見ながら、一徹さんは微笑んでいた。

「良い光景じゃな。孫娘が同時に二人も見られるなんて……死ななくて良かったと、心から思える」

「二人のためにも、ずっと元気でいてください」

「努力しよう。貴様に焚きつけられた命、無駄にはしない」

最近の一徹さんはかなり上機嫌である。

出会った当初は不愛想だったのに、表情がとても柔らかくなった。

俺に対してもたくさん話してくれるようになったので、嬉しい限りである。

「退院は明後日と聞きましたけど、本当ですか？」

「うむ。儂としてはすぐにでも退院したいのだが……担当医が許可を出さん。娘も儂が退院するのに反対しておるし、敵ばかりじゃ」

「そうなんですか？　楽観的な人に見えたけど、意外です」

「ん？　貴様、儂の娘に会ったことがあるのか？」

「はい。先程、りーくんの家……胡桃沢邸でお会いしましたよ？」

「ほう。くるりが嫌がっておったはずじゃが、娘が駄々をこねたのであろうな。あの子は泣きつかれると弱いから、折れたのじゃな」

さすがは祖父だ。分析が的中していた。

「そうか。あれと会ったのか……驚いたじゃろう？」

「えっと……まぁ、びっくりはしました」

天邪鬼を通り越して破天荒な存在だった。

つかみどころがなく、あの人に関する情報がまったく聞き出せなかった。

「娘が迷惑をかけたようじゃな。すまなかった」

「いえ。迷惑とは思わなかったので大丈夫です。ただ、名前を教えてくれなくて、少し困ってはいます」

できれば、りーくんの母親の名前だけでも教えてほしいなと思って、こう言ってみた。

しかし、残念ながら思惑通りにはならず。

「名前は儂の口からも言えん。少し古臭い名前にしてしまってな……それが気に入らんようで、名乗りたがらんのじゃ。キラキラネームが良かったと常々言っておる」

「それを聞いたら、ますます気になるのですが」

「……すまん。儂が名前を教えたと知られたら、とんでもない報復をされる可能性があるのでな。前に一度、怒らせたことがあるのじゃが……偉い目に遭った」

威厳のある顔に恐怖の色が浮かんだので、冗談では言ってないのだろう。

りーくんのお母さんは怒らせたら怖い人間らしい。

「どこで育て方を間違えたのか……幸太郎にだから言えるのだがな、自らの未熟さゆえに一人息子を無下《むげ》にしたことを反省して、娘には何も言わず自由に育てたのじゃ。結果、自由すぎて奔放な人間性が養われたのかもしれん。本当にすまない」

「そ、そんなに謝らないでください。迷惑はかかってないので」

正直なところ、りーくんのお母さんは嫌いなタイプじゃない。

明るい人は好きだ。俺が暗いから、ああいう人が隣にいると楽しくなる。

ただし、やっぱりそれは他人だから言えることなのかもしれない。実の親である一徹さんは、かなり苦労してきたのだろう。

珍しく、愚痴めいた言葉が止まらなかった。

「明朗快活に育ったのは良かった。しかし、あまりにも活発すぎた……若い頃はアニメの影響で『私はメイドになる！』と言って、勝手に知り合いの屋敷で働いていたこともある。貴様も見たであろう？　あれがメイド服を着用しているのは、メイドをこよなく愛しておるからじゃ」

……あれ？

普段着がメイド服って、まるで千里叔母さんみたい——って、そうだ！

これに関しても、聞きたかったんだ。

「あ、あのっ。その働いていた屋敷って……もしかして『一条家』ですか？」

母の旧姓を口に出すと、一徹さんは大きくうなずいた。

「うむ。どうして幸太郎が一条を知っておる？」

「俺の母親の実家なんです」

その一言で、一徹さんは小さく息をついた。

「……………そうか。縁というのは不思議なものじゃ。どこで繋がるかまるで分からん」

肩をすくめて、それから目線を窓の方向に移す。

晴れやかな青空を眺めながら、　徹さんは小さく微笑んだ。

その表情は、どこか嬉しそうでもある。

いったいどういうことなんだろう？

「貴様、一条の血縁か。千里……ではないな。あの不良娘に比べたら落ち着いておる」

「千里叔母さんのこと、知ってるんですか？」

「よく覚えておるよ。儂の教え子じゃったからな……加奈も含めて、な」

まさか、一徹さんの口から母の名前が出るとは思わなかった。本当に縁はどこで繋がるか分からない。

「教え子ということは、教師をしていたってことですよね？」

「その通りじゃ。過去に担任として二人を指導したことがある。反抗期の千里からは疎《うと》まれておったがな。加奈は素直で、成績も優秀だったことを覚えておる。あまり他人と話さない生徒じゃったが、儂にだけは分からない問題を教えてほしいとよく頼んできておったな」

……メイドカフェで、母さんが一徹さんのことを『先生』と呼んだ理由がようやく理解できた。文字通り、本当に教師だったのである。

「もともと、胡桃沢と一条は古くから付き合いがあったらしくてな。現代ではもう関係も薄いのじゃが、他人ではないと儂は思っておる。その縁があって目をかけておったのじゃ」

胡桃沢、一条、それから……結月《ゆづき》の北条《ほうじょう》家もかな？

古い家系らしいので、ご先祖様たちに親交があったとしてもおかしくないか。

「最近も、加奈にはビジネスの相談をされたんじゃが……あやつ、子供がいるならそう言えば良いものを。相変わらず自分のことを語るのは苦手なようじゃな」

母さんについて、他人からの評価を聞くのはなんだか新鮮だった。

いつも主観でしか判断できなかったので、客観的に母さんがどういう人間なのか、すごく興味があったのである。

「母さんって、どういう人間だったんですか？」

「……自己主張の薄い、淡泊な少女じゃった。親の言いなりになっておったようで、その点では古い慣習の犠牲者と言えるじゃろう。主体性がなく、好悪の念も感じられない、まるで人形のようじゃった」

やっぱり、そうだったんだ。

母さんは俺に似ている……いや、正確に言うと、俺が母さんに似ているんだ。

自分の意志が弱い性質があったらしい。

「放っておけない子じゃった。まぁ、幸か不幸かうちの戯《たわ》けた娘と年齢が一つしか違わなくてな……あれが妹のように可愛がっておった。メイドとして一条の家に押しかけたのも、あるいは心配だったからかもしれん。千里も含めて、な」

千里叔母さんは、胡桃沢さんというメイドさんにすごく助けられたと言っていた。母さんも、かなりお世話になったのだろうか。

「やれやれ。せめて、あの阿呆が加奈について儂に知らせておったら、もっと早く幸太郎のことも知れたかもしれんというのに……どうでもいいことばかり喋るくせに、肝心なことを言わんな」

りーくんのお母さん、どうやら母さんの結婚関連の情報は隠していたらしい。

出会った時、俺の顔を見たかったと言っていたので、息子がいるという情報は知っていたと思う。それなのに隠していた理由は……色々と複雑な家庭だから、だろうか。

母さんもあまり語りたがらない話なので、りーくんのお母さんも意図的に伏せていた可能性がある。あるいは何も考えていないからかもしれないけど。

とにかく、これで謎の一つが解決した。

胡桃沢家と一条家――現在の中山家は、昔から縁があるらしい。

「不思議なものじゃな。別に意図していたわけでもないというのに、加奈の息子が儂の恩人になるとは……」

「そんな、恩人なんてとんでもないです。こちらこそ、母さんと叔母さんのことを気にかけてくれてありがとうございます」

「……因果、というものじゃな。良いことも悪いことも、いつか巡って我が身に返ってくる。故に、人は正しく生きねばならん」

長年を生きた方の重みがあるお言葉に、自然と背筋が伸びた。

こういう時、一徹さんが昔教師だったことを改めて実感する。

厳しくも正しい先生だったのだろう。だからこそ、母さんは今でも一徹さんを慕っているのだと思う。

「しかし、ふむ……幸太郎は、加奈の息子にしては共感性が著しく高いな。相手の気持ちをしっかり考えられるのは貴様の良いところじゃ」

母さんの息子にしては、か。

その発言が、とある仮定を確信へと導いた。

母さんは間違いなく、俺よりも主体性の弱い人間だったのだ。

自我が薄く、自己肯定感も弱く、だからこそ自分を愛せず、人を愛せない。

息子であろうと、どう接していいか分からないくらいには……人間として、不器用だったのだろう。

「親子仲は良好か？」

「いえ……実は最近まで、良好とは言えない関係でした」

「そうか。幸太郎よ、親であろうと不完全な人間であることに変わりない。失敗することもある……儂が言うのもおかしな話じゃがな」

はい。そのことを最近、ちゃんと理解できた気がします。

母さんのこと、全然知らなかったから敵だと思っていた。

でも、それは誤解だったとようやく確信できた。

「とはいえ、心配は不要か。幸太郎であれば、加奈であろうと受け入れられるであろう？

何せ、儂の孫娘の彼氏なのじゃからな」

「それを言われると弱いです……はい、努力します」

まだ、もう少し時間はかかると思う。

だけどいつか、母さんとの関係性も改善しよう。

その時には二人で、一徹さんのところに来るのも悪くないかもしれない……なんていう未来図を描いて、頬が緩んだ。

一徹さん、ありがとうございます。

おかげで悩んでいることが一つ、解決しました——。

◆

母さんについての話が終わってすぐ、しほとりーくんが帰ってきた。

その両手にはコンビニの袋が握られていた。中には大量の和菓子が入っていて、一徹さんが食べられる量ではなかった。

でも、それすらも一徹さんは喜んでいた。

とはいえ、あまりに多いので俺が半分持って帰ろうかと提案したら、一徹さんは笑って首を横に振った。

「くるりとしほの手土産じゃ。誰にも渡すわけなかろう？　退院した後も、時間をかけて食べるとしようか」

そう言われては何も言えなかった。

そんなこんなで、しほがオススメした大福を一徹さんが美味しそうに食べたり、ついでにしほもたくさんお菓子を食べて、りーくんが一徹さんに『霜月を甘やかさないで』と説教したり、病室は終始賑《にぎ》やかだった。

そして、あっという間に時間が過ぎていって。

「そろそろうちのお母さんが病室に来るかもしれないから、帰りましょうか」

りーくんの号令で帰宅することに。

「一徹さん、さようなら」

「おじいちゃま、ばいば～い」

「……ちゃんと休んで次こそ退院してね」

三者三様にお別れの言葉をかけると、一徹さんは嬉しそうに笑って手を振ってくれた。

「うむ。三人とも、次は病室じゃない場所で会おう」

力強い言葉をもらってから、俺たちも帰路につく。

帰りもりーくんが車で送って行こうかと提案されたけど、中山家まで歩いていける距離なので、俺としほは断った。

それからりーくんとお別れして二人でゆっくりと道を歩く。

「おねーちゃんとして、あずにゃんの様子を見ておきたいわ。補習の課題で苦しんでいる彼女を眺めながらジュースを飲むの。きっと格別な味がすると思うわっ」

「梓《あずさ》、ちゃんと課題をやってるのかな？　終わらないと海に連れて行かないって言ってるけど……ふて寝してそうだなぁ」

「むぅ。寝てたら、ちょっと寂しいわね。起こすのもなんだか申し訳ないもの……時間的にも、あまり長くは遊べないかも？」

「もう十七時だからね。帰りはさつきさんに来てもらうの？」

「ええ。ママに車で迎えに来てもらうわ」

と、そんな会話をしながら歩いていると、あっという間に家に到着。

梓は寝ておらず、勉強に飽きて俺の部屋でゲームをしているところをしほに見つかっていた。それから仲良く二人でゲーム対戦を始めたので、俺はその間に家事をすませておくことに。

洗濯物を畳んで、夕食を作ろうかなと思っていた時のこと。

『ピンポーン』

インターホンが鳴った。宅配業者かと思って玄関を開けたら、そこには銀髪の美女と丸っこい男性が並んで立っていた。

「やぁ、幸太郎君。突然悪いね」

「幸太郎、夕食のおすそ分けを持ってきたの。ついでに仕事終わりのダーリンも持ってきたわ。こっちはあげないけど、自慢させて」

「あはは。さっちゃんは相変わらず僕のことを過大評価してるよね～」

仲良さそうに話している二人は、霜月ご夫妻である。

ドライブしながら来たのだろうか。家の前に霜月家の車が止まっているのが見えた。

「ちょうど今、夕食を作ろうと思っていたので嬉しいです。ありがとうございます」

「今日はカレーを作ったの。あずにゃんちゃんにもたくさん食べさせてあげてね。お肉はダーリンのお腹《なか》をちょっとだけ削って入れたわ」

「さっちゃん。君の猟奇的な発言は意外と冗談に聞こえないから、ほどほどにしてあげよう。幸太郎君もびっくりしてるよ」

……一瞬、本当かと思って樹《いつき》さんのお腹まわりを確認してしまった。

良かった、前と変わらず真ん丸なので安心した。

「そういえば、幸太郎はもう帰ってたのね。あの大きなお家に行ってたからいないと思ってた。おすそ分けはあずにゃんちゃんに渡そうかなって」

「ん？　この靴って……もしかして、しぃもいるのかい？　ちょうど良かったね」

「あ、はい。ついさっき――」

病院から帰ってきたところです。

そう言いかけて、ふと気付いた。

（一徹さんのこと……樹さんは知らないんだよな？）

だとするなら、病院というワードを出すのは危険だろうか。

いや、でもしほがたまにお見舞いに行っていることは把握しているはず。

だとするなら、隠すのもおかしな話だろう。

「えっと、さっきまで病院にいました。ほら、さつきさんが送ってくれたあの大きな家の身内の方が入院しているので」

「あらあら。そうだったのね」

「……ああ！　しぃがよく言っている『おじいちゃま』という方のことかい？」

やっぱり、話そのものは聞いているらしい。

ただし……一徹さんの正体までは、二人とも分かっていないように見える。

恐らくしほも『おじいちゃま』としか呼ばないので、名前すら二人に知られていないように感じた。

（何も言わなければ、何も起こることはない）

一徹さんと樹さんの問題だ。第三者である俺が干渉することが正しいとは言い難い。

むしろ、俺が変に関わることによって二人の関係が更に悪化する可能性もある。

いや、一徹さんは関係の修復を望んでいるかもしれないけど、樹さんの方はもしかしたらそれを望んでいないかもしれない。

勘当されたのだから、憎んでいても不自然ではない。

もう過ぎ去った昔の話だ。樹さんはそのことを忘れて、今を幸せに生きている。

それで十分だ。触れなければ何も変わらない。

二人とも今で十分に幸せそうである。

だったら、余計なことはしない方がいい。

――そういう俯瞰的な思考を、俺はいつしかやめていた。

論理的には間違っているのだろう。

だが、感情的に我慢ができない。

俺は二人に仲直りしてほしいんだ。

「胡桃沢一徹さんのお見舞いに行ってました」

姓名を、ハッキリと。

一字一句聞き間違いのないように発音して、一徹さんの存在を告げる。

その瞬間――樹さんの表情が凍った。

「え!? く、胡桃沢？ それって、もしかして……！ ぐ、偶然かな？ こんなこと有り得るのか。おいおい、ちょっと待ってくれ。何が何だかっ」

明らかに樹さんは戸惑っている。

しかし、その隣にいるさつきさんは冷静だった。

「ダーリン、落ち着いて」

「で、でも、さっちゃん！ すごい偶然でびっくりしてて……っ」

「……本当にこれは、偶然だと思う？」

鋭い。さすが、しほのお母さんだ。

俺の様子を、さつきさんはしっかりと見ていたらしい。

「幸太郎。もしかして、全部知ってる？」

このタイミングで名前を出したことの意味を、さつきさんは察知している。

もちろん、ウソをつく必要はないのでしっかりと頷《うなず》いた。

「はい」

「知ってる上で、ダーリンにその名前を教えたの？」

「その通りです」

過去、一徹さんが樹さんを勘当していること。

戸籍上はもう親子ではなくなっていること。

当時のことを一徹さんはものすごく後悔していること。

しかし、離縁された樹さんが何を思っているのかは、分かっていないこと。

それらを理解した上で俺は伝えたのである。

二人に、仲直りしてほしくて。

「え？　し、知ってる？　それはどういう意味だい？　幸太郎君、おじさんには何も分からないよっ」

「ダーリンはそのままでいいのよ。察しが悪いのはあなたの魅力だもの」

大らかなのは樹さんのいいところ。

そして、そのせいで生じる問題は、勘の鋭いさつきさんがカバーする。

本当に良いご夫婦だ。憧れるくらいに、素敵な二人だと思う。

「……一つだけ聞かせて。幸太郎は、大丈夫だと思う？」

「はい。俺はそう信じています」

「じゃあ、私は幸太郎を信じさせてもらうわ」

しほよりも濃い蒼の瞳が、まっすぐ俺を見つめている。

その視線を俺は正面から受け止めた。

「信じてください」

力強く頷くと、さつきさんは小さく笑って肩をすくめた。

「そうするわ。幸太郎は未来の息子だもの……あなたを疑うなんて、有り得ない」

まるで降伏するように、俺から目をそらして隣でおろおろする樹さんの手を握る。

「あなた、行きましょう。そろそろ仲直りする時期みたい」

「そ、そうなのかい⁉　いや、僕はいいんだけどね？　父がなんて言うか……ほら、僕って鈍いし、人に騙《だま》されすいし、父はそういう部分がダメだっていつも言ってて」

「その全てが私は大好きだからいいのよ。ほら、へたれてないで……幸太郎が大丈夫っていうんだから、大丈夫に決まってるじゃない」

尻込みする樹さんの手を、さつきさんが引っ張っていく。

「幸太郎。しぃちゃんに、少しだけ帰りが遅くなるって伝えて。夕ご飯はそのカレーを食べててね。たくさん作ったから三人分はあるはずよ……ちゃんと全部終わらせて、帰ってくるから」

「分かりました。待ってます」

「ええ。いってくるわね」

「お、おや？　何が何だかよく分かってないけど、幸太郎君との話は終わったんだね⁉じゃ、じゃあ、行ってくるよっ。ごめんね、幸太郎君。しぃは任せた！」

そのまま二人は車に戻って、病院のある方向へ走り去っていった。

……なんとなく、分かる。きっと、うまくいくだろう。

あんなに孫娘を溺愛している一徹さんなのだ。

こんなに娘と妻を愛している樹さんなのだ。

愛情深い二人が今更いがみあうわけがない。

過去のことだってきっと、乗り越えられるだろう。

俺はそう信じている。

◆

そして、数時間後。思ったよりも遅く帰ってきた二人の顔は……予想通り、笑顔だった。

涙もろい樹さんはやっぱり泣いたのか、目が腫れていたけれど。

晴れやかな表情と、それから両手に抱えたコンビニ袋を見て、一徹さんとの再会が良い結果に終わったことを教えてくれた。

孫娘からの贈り物。誰にも渡さないと言っていたのに、あげるなんて……それだけ、樹さんのことを大切に思っているからだろう。

そして、その気持ちを素直に受け取った樹さんもまた、優しい人だと思った。

（一徹さん。因果、ですよね……良いことは巡ります）

俺と母さんについて親身に考えてくれた。

そのお返し、のつもりではないけれど……結果的には、恩義を返したことになるのかもしれない。

これにて、胡桃沢一徹と霜月樹の件は解決した。

みんなが幸せな結末は、俺が大好きな物語の形だった――。

第四話
水着回

——八月上旬。

七月が終わって、夏休み真っ只中……ついにあの計画を遂行することになった。

「海だー！」

「うーみー！」

「……海でそんなにはしゃげるのも一つの才能ね」

視界を覆う広大な海を前に、しほと梓《あずさ》が興奮して叫んでいる。

そんな二人のそばで平然としているりーくんも、やっぱりテンションが上がっているのかいつもよりほっぺたが赤かった。

そう。俺たちは海水浴に来たのである。

場所は前にも話していた通り、胡桃沢家《くるみざわ》が所有するプライベートビーチだ。

いや……正確に言うと、胡桃沢家を含む資産家たちが共同で管理しているビーチ、だったかな？　ここに来る途中、車の中でりーくんにそんなことを説明された気がする。

まぁ、プライベートビーチであることには変わりない。場所も人里離れた奥地にあるおかげで、俺たち以外に誰もいなかった。

人見知りするしほと梓にとって、この環境は最良なのだろう。他人を気にせずはしゃげるのはとても良いことだ。

「あずにゃん！　カニさんよっ。カニさんが走ってる!!　捕まえて食べましょう！」

「うん！　梓、カニさん大好きっ!!」

……えっと、もしかしたらはしゃぎすぎているかもしれない。

波打ち際のカニを捕まえに走り出した二人を見て、俺は慌てた。

「ちょっと待って！　あんまり離れないで……っ」

人がいないので、安全面で言うと少し不安がある。

一般開放されているビーチならライフセーバーや人の視線があるので、何かが起きてもすぐに対処できるけど、ここはそうじゃないのだ。

ちゃんと、目を光らせておかないと……なんて、考えていたけれど。

「安心して。一応、監視はいるから……うちの使用人が見えない場所からこっちの安全を確認してくれてるのよ」

さすが、りーくんである。

万が一のことを考えて対策してくれていた。

「あと、保険としてこれもいるから大丈夫よ」

「……このワタシを『これ』呼ばわりとは、何様のつもりだい？」

これ呼ばわりされているのは、少し離れた場所でふてくされたように座り込んでいるメアリーさんだ。恰好《かっこう》はもちろんメイド服である。

「何様って、ご主人様に決まってるじゃない。メイド、もし霜月《しもつき》と梓に何かあったら無給よ。その代わり、安全に終わったらボーナスを出すから、よろしくね」

「ちっ。金を出せばなんでもやると思ってるのかい？　そんな低俗な人間と思われるのは心外だよ！」

「じゃあボーナスは要らないのね」

「……それとこれとは別問題だけどね！」

相変わらず、メアリーさんは低俗だなぁ。

しかし、運動能力の高い彼女が見守ってくれるなら、心強かった。

「むふふっ。良い臨時収入になりそうだ……いやぁ、先月の給料は全部投資で溶けちゃったんだよねぇ。さっさと稼いでメイドなんて辞めようと思ってたのになぁ」

「バカね。楽に稼ごうとするから痛い目を見るのよ。結局、堅実に働くことが一番安全な投資だということにどうして気付けないの？」

なるほど。ちょうどお金にも困っているのか……それならサボる心配もないので、安心だった。

「そういうわけだから、中山《なかやま》も羽を伸ばして楽しみなさい？」

「うん……せっかくの海水浴だし、ね」

そう言いながら、軽く背伸びをすると体がパキッと鳴った。

二時間くらいかな？　車に揺られていたのは。

移動の疲労もあると思うけど、それ以上の興奮もあって疲れは感じない。

同様に、移動で疲れているはずのしほと梓があんなに元気なのは、やっぱりこの海水浴を楽しみにしていたからだろう。

「そういえばあんたの妹、ちゃんと課題は終わってるのよね？」

「もちろん。終わらないと連れて行かないって言ったら、がんばってたよ」

夏休み前のテストで見事に赤点を取った梓には特別課題が与えられている。普段、梓は提出物を期限ギリギリまで出さないけれど、今回は必死に努力していた。

時折、俺も手伝いはしたものの……ほとんどは梓の独力である。

彼女も海水浴は楽しみにしていたのだろう。早朝の起床にぐずることなく起きたし、準備もテキパキしていたし、やけに聞き分けも良かったので俺としてはありがたかった。

「メイド。あたしたちが着替えている間に荷物を下ろしてちょうだい」

「やだね。ワタシも水着になってコウタロウを誘惑する予定なんだが？」

「彼は小さくて品のある方が好きだからその下品な体では無理よ」

　別にそんなこと言ってないのに。

　まぁ、比較すると確かに小さい方が好ましいと思うかもしれないけど……そこまで強いこだわりがあるわけでもない。大きいのも嫌いじゃないと思う。

　とはいえ、それを伝えたところでりーくんが不機嫌になるだけと分かっているので、俺は何も言わずに成り行きを見守った。

「はぁ。やればいいんだろ？　まったく、メイド使いが荒くないかい？　労働組合に訴えてやりたいくらいだ」

　ぶつぶつ不平を言いながらも、メアリーさんが車の方に歩いていく。パラソルとか、飲み物の入ったクーラーボックスとか、必要なものがたくさん入っているので、持ってくるのは結構な作業だろうなぁ。

　手が空いたら、後で手伝おうかな。任せてばかりなのも申し訳ないし。

「中山。あっちの方にペンションがあるから、そこで着替えてきましょう？」

「え？　俺も一緒に？」

「……ちゃんと着替える部屋は分かれてるわよ。変な妄想しないでね、バカ」

あ、そうなんだ。

ペンション……てっきり小さいとばかり思い込んでいたので、男女が分かれて着替えられるほど広いとは思わなかった。

一応、事前にペンションがあることは聞いていた。プライベートビーチを管理している人がきちんと整備しているようで、宿泊も可能らしい。

俺が想像するよりもしっかりした設備なのだろう。

今日は日帰りだけど、今度来る時は泊まりでもいいのかもしれない。

「しほ、梓。そろそろ着替えに行くよー」

移動することになったので、波打ち際ではしゃぐ二人にも声をかける。

波と風の音で声がかき消されるかと思ったけど……しほは耳がいいので、ちゃんと聞こえていたようだ。

「はーい！　今行くわっ」

「あ、待って！　梓も行く！」

駆け寄ってきた二人と合流してからペンションへと向かう。

現在、朝の九時。

早朝に出発したおかげで遊ぶ時間はたくさんありそうだ。

みんなで、楽しい時間を過ごせるといいなぁ――。

◆

案内されたペンションで水着に着替えて、俺はまたビーチに戻ってきた。

女性陣は着替えるのに時間がかかると思ったので、その間にメアリーさんの手伝いをしようと思ったのである。

「……ん？　コウタロウ、どうしたんだい？　ワタシと浮気しにきたのかな？　やれやれ、やっぱり男はおっぱいの魅力に抗《あらが》えないということだね」

そう言って、彼女はいきなりメイド服を脱ぎ捨てた。

どうやら下に水着を着ていたようである……星条旗柄の派手なビキニは、いかにもメアリーさんらしかった。

「どうだい？　エッチだろう？　シホを捨ててワタシを選べば、このおっぱいを自由にできるけどどうする？」

「あはは。冗談はさておき」

「おい。ワタシのおっぱいを冗談で片付けないでくれるかい？」

そんな急に下ネタを言われても困るよ。

どう反応しても損する気がしたので笑ってスルーしておいた。

「荷物の移動、手伝うよ」

「ああ、そっちか。気が利くじゃないか……まぁ、そろそろ終わるんだけどね」

そんな細身な体のどこに力があるのか。

メアリーさんは重そうなバーベキューコンロを軽々と担いでいた。

「コウタロウはそこのブルーシートと浮き輪を持ってきてくれるかい？」

「あ、うん。分かった」

たぶん、俺がいなくても問題はなかっただろう。

残っている荷物は軽いものしかなかった。持ち上げて、所定の場所まで持って行くと
……メアリーさんはすでにパラソルやテントを組み立てていた。

テントと言っても、キャンピング用のものではなく、日差しを遮るタイプのタープテントと呼ばれる大型のものである。一人で設営するのはかなりの労力だと思うんだけど……

この短時間でこなせるあたり、やっぱり彼女は器用だ。

りーくんの言う通り、中身はあれだけど仕事ぶりは優秀なのだと思う。彼女に任せておけば大抵のことはそつなくこなしてくれそうだ。

「こんなものかな？　これならさすがのピンクも文句を言わないだろうね」

「うん。十分だと思う」

パラソル、テント、ブルーシート、ビーチチェア、バーベキューセット、クーラーボックス、などなど。

一通りの準備が終わって、メアリーさんはビーチチェアに座り込んだ。

「ちなみにこれはピンクの椅子だ。無駄に高いからなのか座り心地がとても良い……このまま眠れそうだよ」

「座ってるところを見つかったら怒られそうだけど」

「怒られたところで何も思わないからどうでも良いさ。ほら、コウタロウも隣に座るといい。久しぶりに二人きりで話そうじゃないか」

……以前まではこういう状況で警戒していたところだけど。

今のメアリーさんはあまり怖くないので不思議とリラックスしていた。

りーくんのおかげだろうか？　不気味さがまったくなくなっている。どこか抜けている感じがするんだよなぁ。

「お、やけに素直じゃないか。てっきり断られるかと思っていたよ」

「うん……なんか、俺も断ろうとしたけど、その理由が思いつかなくて」

「まぁ、そうだろうね。今のワタシはすっかりギャグキャラになってしまった……以前のようなチートキャラではもうない。せいぜい、エッチなお色気要員さ」

エッチかなぁ？

そんなに色気を感じないのは、俺の感覚がズレているからだろうか。

そういえば、竜崎《りゅうざき》はメアリーさんを見てよく鼻の下を伸ばしていたし……普通の感覚だと、メアリーさんはエッチなのかもしれない。

このあたりには未だに疎《うと》いので、何とも言えなかった。

「……ピンときていない表情だね。キミはもしかして、本当にワタシのことを性的な対象で見てないのか？　こんなにエロいのに？　最近大きくなってHカップになったのに!?」

言いながら、自分の胸をわざとらしく揺らすメアリーさん。

星条旗柄のビキニと連動するように跳ねている。でも。それを見たところで特に何も思わないから、俺は本気でメアリーさんに興味がないようだ。

「それってすごいの？」

「すごいに決まってるだろ！　コウタロウは本当に男の子か？　男子高校生ならもうちょ

っと興味を持ってほしいものだよ」

それが普通の感覚なのか。

やっぱり俺は少し変なのかもしれない……メアリーさんの魅力が欠片《かけら》も分からなかった。

「おい。キミは今から水着シーンに突入することを自覚してるかい？」

「水着シーン……ああ、そうなるのか」

言われて気付いた。

たしかに、これからしほたちの水着を見ることになるけれど。

そういえば初めて、しほの露出が多い恰好を見る……って、この前温泉でもっとすごい光景を見たから初めてじゃないか。

いや、でもあの時はすぐに気を失ったせいか記憶が曖昧だ。水着なんて今更……と言えるほど覚えてないのが現状である。

「そんな薄いリアクションで乗り越えられると思わないことだね。ヒロインの水着を見て無表情で許されるのは気取ったクール系主人公だけだよ」

「それはたしかに……反応がないと、しほもショックを受けるかも？」

先日、わざわざ俺に内緒で水着を買いに行ったと、梓から報告を受けている。秘密を守れない義妹《いもうと》のおかげで水着の情報を入手しているのは、サプライズの要素が減ってあまり良くなかったかもしれない。

せっかく気合を入れてくれたのだ。相応の反応が期待されているだろう。

「こういう時は過剰なリアクションでも許されるだろうね。鼻血を出すも良し、全身を真っ赤にするのも良し、体温が上昇して煙を上げるのも良し。好きなリアクションでシホを喜ばせるといい」

「自分でコントロールできるリアクションじゃないけどね」

そこまでじゃないにしても、少しは過剰にふるまった方がいいのだろうか。

とはいえ、温泉に一緒に入ったこともあるわけで……あの状況と比べたら、水着という布がある分マシに思えてしまう。

俺はメアリーさんの体でも無反応な人間なのだ。もしかしたら何も感じないかもしれない——そう考えると、なんだか心配だった。

しほをガッカリさせたくないので、そのあたりはしっかり注意しておこう。

「にひひっ。まぁ、ようやくの水着回だ。せいぜい楽しむといいさ……後にはちょっとした仕掛けも用意してある。楽しみにしててくれ」

不意にメアリーさんの表情に意味深な笑みが浮かぶ。

この表情は……あまり良くない兆候だ。

「もしかして、また変なことを企んでる？」

「さぁね？　ただ、コウタロウ……ワタシはこのまま終わるつもりなんかない。たしかにワタシは負けキャラだ。クルリとクソジジイに敗北して、敵キャラ失格の烙印を押された挙句《あげく》、万能《チート》という権能を失った。でも、まだ――終わっていない」

碧色の瞳に怪しい光が宿る。

何かを見据えるような瞳が、以前の不気味なメアリーさんを想起させた。

また状況をかき回そうとしている。彼女はやっぱり、油断ならない。

「おっと。匂わせはここまでにしておこうかな。そろそろピンクたちが戻ってくるだろうし、彼女がいるとワタシの思考が鈍《にぶ》るからね」

そう言って、メアリーさんはビーチチェアから立ち上がった。

「少し、野暮用をすませてくるよ。キミはせいぜい、ヒロインの水着を楽しんでいると良い……すぐにそれどころではいられなくなるから、ね」

不穏な雲行きを漂わせて、メアリーさんは歩き去っていく。

……かと思ったら、進行方向から現れたりーくんに首根っこを掴まれて、戻ってきた。

「何を帰ろうとしてるの？　あんたには仕事が山ほど残ってるんだけど」

「や、やめろ！　せっかくかっこつけて去ろうとしたのに、ださすぎるじゃないか!!　コウタロウ、見るな……今のワタシを見るなー！」

いや、そんなこと言われても。

かっこ悪いメアリーさんが再び目の前に現れて、思わず笑ってしまった。

「メイド。かがみなさい。犬みたいに四つん這いになって……そう。それでいいわ」

「おい！　ビーチチェアならそこにあるだろう!?　ワタシを椅子にするな！」

「あんたって肉がついてるからすごく座り心地がいいのよ。放置してたら逃げるだろうし、しばらくこのままでいなさい」

「……屈辱だっ。コウタロウ、すまない。無様な姿を見せて、本当に申し訳ないっ」

できればあのまま歩き去ってほしかったなぁ。

そうしてくれていたら、メアリーさんの評価が変わっていたかもしれないのに。

やっぱり今の彼女はどこか残念だった。

「中山、ごめんね。待たせてしまって」

「別に大丈夫だけど……りーくんは着替えないの？」

椅子になったメアリーさんのことはさておき。

とりあえず意識をりーくんに切り替えると、彼女が水着じゃないことに気付いた。

ハーフパンツとシャツという涼しげな恰好だ。

「一応、下に着てるわよ。後で脱ぐわ」

「ぷぷっ。貧乳のくせに恥ずかしがるなんて面白いね」

「あら。不良品かしら？　ちゃんとした椅子に喋《しゃべ》る機能なんてないはずだけど？」

「…………」

「ええ。それでいいのよ。いい椅子ね」

本当にお金に困っているんだろうなぁ。メアリーさんは言われた通り椅子になりきってりーくんの機嫌を損なわないように気を付けていた。

よっぽど解雇されたくないらしい。

「男の子はいいわね。あまり露出しなくて……その上着みたいなのってラッシュガードでしょう？　あたしも買えば良かったかしら」

りーくんの気持ちは分かる。俺も露出は苦手なので、水泳用の上着――ラッシュガードを着用していた。これは着たまま泳げるので便利だと思う。

日焼け対策にもなるので着用していた。

「今日は暑いし、日焼け止めもちゃんと塗らないとね……特に梓としほは肌が弱そうだし、ケアしてあげないと」

「あ！　そっか、日焼け止めか……忘れたなぁ」

しほはちゃんと持ってきているだろうか。梓は……恐らく忘れてると思うけど、一応後で確認してみよう。あの子も女の子だし、肌のケアを大切にしている可能性も少しはある。いや、そうであってほしい。

「持ってきてないのなら使う？　これ、結構いいやつなの。後で塗ってもいいわよ」

それはありがたい。普段はあまり外出しないので、日焼け止めのことは頭から抜け落ちていた。次回から気を付けよう。

「……ってか、二人とも遅いわね。あたしが出るころには着替え終わってたのに」

「まぁ、時間はたくさんあるしゆっくり待とう」

「それもそうね。メイド、飲み物を取るから移動しなさい」

「普通の椅子は動かないんだけど？」

「あんたは動けるでしょ」

「まぁまぁ。俺が取ってくるから」

りーくんが来てからすでに数分が経過している。

ドリンクを飲みながら雑談していると、ようやく一人やってきた。

「あ！　おにーちゃん、梓にもジュースちょーだいっ」

弾むような元気のいい声は義妹のものである。

「はいはい。コーラだよね……って、なんで？」

クーラーボックスから飲み物を取って、顔を上げる。

そして真っ先に見えたのは『あずさ』と書かれた胸元の文字だった。

紺色の水着は、特定の場所で多く見かけるタイプである。

「梓……なんでスク水なんだ？」

そう。彼女は、スクール水着を着用していた。

それが不思議でならなかった。

「なんでって言われても……逆になんでそんなこと聞くの？　似合ってるでしょ？」

うん。似合ってはいるよ。

少しずつ成長しているとはいえ、梓はまだ小学校高学年から中学生くらいにしか見えない。学校指定の水着はピッタリとも言える。

でも、それをプライベートの水着として着用するのは、どうなんだろう？

「……水着を買いたいって、お小遣いをおねだりしてたから」

「ぎくっ」

「新しい水着は買ってないってことか」

「だ、だって！　小学校のころに着てた水着がまだ着れるから、買わなくていいかなって

「……あと、別にこれは関係ないんだけど、新作のゲームがあって」

なるほど。ゲームを買ったってことか。

「まぁまぁ、おにーちゃん？　後で肩をもんであげるからっ」

「いや、別に怒ってはないよ。ただ、呆れているというか……そんなウソつかなくても、ゲーム用のお小遣いくらいあげたのに」

「さ、最初はちゃんと水着を買うつもりだったんだよ？　でもね、霜月さんの水着を買いに行ったら、たまたま寄ったゲームショップで見つけちゃって……つい買っちゃった！」

相変わらず欲望に忠実な生き方をしているらしい。

将来が心配だった。まぁ、海に来てまでぐちぐち言うと空気が悪くなるし、今回はあまり言及せずにいてあげよう。

「梓？　あんた、そうやって計画性のないお金の使い方をしていたら、このバカみたいに大変なことになるわよ？　ほら、おバカさん。ダメな先輩としてアドバイスしてあげて」

「……アズサ、お金なんておねだりすればいくらでも手に入る。これからもコウタロウに寄生して生きたら問題ないから何も気にするな！」

「えぇ……くるりおねーちゃん、このおっぱいの大きい人は何を言ってるの？　そんな寄生虫みたいなこと、梓はやんないよ？」

「き、寄生虫だと!?」

あれ？　梓はしほと違ってメアリーさんに恐怖心を抱いてないらしい。

むしろ、ちょっと見下しているような気がした。

「はぁ!?　アズサ、キミはもしかしてワタシを舐めているのかっ？」

「あ、もしかしてメアリーちゃん？　前にクラスメイトだったよね？」

「なぜクルリには『おねーちゃん』なのにワタシは『メアリーちゃん』なんだい？　アズサ、少しフランクすぎじゃないかな？」

「ふらんく？　フランクフルトなら好きだよ、メアリーちゃん！」

「ええ。彼女はメアリーという名前で、今はただの椅子よ。たまにあたしのメイドもやっているわ」

「そっか。今日は椅子なんだ……じゃあ梓も座るね！」

「おい！　二人用じゃなから座るな!!」

……びっくりした。梓はメアリーさんみたいな圧のある人間に気後れするタイプかと思っていたけど、意外と平気らしい。

やっぱり、最近のメアリーさんは少し雰囲気が変わったので、その影響だろうか。

まぁ、賑《にぎ》やかなのは楽しいから、悪いことではないだろう。

「あれ？　しほがまだ来てない」

梓の登場が一段落したところで。

ずっとしほを待っていたけれど、彼女が一向に来ない。

てっきり、梓と同じくらいのタイミングで来るかと思っていた……いくら女性の着替えに時間がかかるとはいえ、少し遅すぎないだろうか。

「そういえば霜月が遅いわね……梓、一緒に来なかったの？」

「霜月さんは『はずかちぃ』って言ってもじもじしてたから置いてきた！」

「そうなの。あんたたちの友情をたまに疑うわ」

さすが、お互いに舐め合っている関係性の二人である。

仲は良いけど手を取り合うことはない。むしろ足を引っ張り合うのが楽しいみたいなので、こういう時にも友人として助けないのだろう。

「どうする？　あたしが迎えに行ってきてもいいけれど」

「そうだね。もうちょっと待っても来なかったら……って、来た！」

りーくんに様子を見に行ってもらおうとしたタイミングである。

ペンションのある方角から、少女がやってくるのが見えた。

まだ距離があるので細部は見えない。ただ、あの銀色の髪の毛は間違いなくしほのものだろう。

もちろん水着姿……かと思ったけど、どうやらそうでもなさそうだ。

ワンピース、じゃない。大きな上着……って、あれは俺が着ていたシャツ？

「お、遅くなってごめんなさいっ」

しほが近くに来て、やっぱり俺の見間違いじゃなかったことを確信した。

彼女は俺のシャツを着ていた。リイズが大きく丈が長いのでふともも付近まで覆われている。しかし、裾がギリギリというか……下の何かが見えそうだったので、なんだか見ていられなかった。

純白のふともも、見えそうで見えない何かがあって、どこに視線を向ければいいか分からなくなる。

（あ、あれ？　俺……ドキドキしてる？）

メアリーさんでも、梓でも、何も感じなかったのに。

リアクションが薄くてがっかりさせるかもしれないと不安だった。でも、その心配は杞憂だった。

しほのふとももを見ただけでこんなに鼓動が速くなっているのだから。

「あら。霜月、遅かったわね」

「ゆ、ゆーきが出なくてっ……あずにゃんも置いてかないでよっ」

「だってめんどくさかったんだもーん」

しほはどうやら恥ずかしいらしい。

ほっぺたが真っ赤なのは、暑さのせいではないような気がした。

「ねぇ、なんでおにーちゃんの服を着てるの？　わざわざ男の子の更衣室に入ったなんて、霜月さんは変態さん？」

「へ、変態じゃないわっ。ただ、お腹《なか》と肩が隠せない服って、初めてだから……」

「あ、分かった。霜月さん、もしかしてひよってる？　おにーちゃんをのーさつするってウキウキだったくせに、へたれてるの？」

「違うわ！　べ、べべべつにへたれてるわけじゃないもんっ」

梓に挑発されてしほはムキになっていた。

「これは……えっと、日焼け対策で着てただけ！」

「じゃあ、テントの下は影になってるからもういいよね？　脱げないってことは、霜月さんはへたれよわよわ人間ってことでしょ？」

「よわよわじゃない！　わたしはつよつよなの……ほら!!」

煽《あお》られるがままに。

しほは俺のシャツを勢いよく脱ぎ捨てた。

そして露《あら》わになったのは——ビキニタイプの水着だった。

「————」

息が、止まった。

もちろん、過激な水着というわけじゃない。

ビキニとしては一般的な形状で、むしろフリフリのフリルがあしらわれている分、露出は控えめになっている方だろう。

それなのに、まるで雷に打たれたかのように衝撃が全身に迸《ほとばし》っていた。

上下ともに色はシンプルな黒だ。純白の肌と対照的な色合いで、よく似合っている。

かわいい。いや、綺麗とも表現できるかもしれない。

なんだかまともに見られなかった。直視できないのは、太陽の光が輝く銀髪に反射しているせいだろうか。

いや、違う……そんな言い訳をしても無意味だ。

分かっているのだ。今のしほをしっかりと見ることができないのは、普段よりも肌色の露出が多いせいだということを。

そういえば、温泉ではタオルを巻いていた上に、湯気も立っていたので……鮮明に見え

たわけじゃなかった。

今はハッキリと見えている。枝のように細い二の腕、薄くあばら骨が浮き出ている腹部、かわいらしいおへそ、ちょっとだけ肉の付いたふともも、そして……主張は強くないが存在感のある胸元と、微《かす》かに見える谷間を、視認できた。

「っ……」

息が止まるどころじゃない。

うまく呼吸ができなくてのどがつまっている。

体が火照っている。

思考がうまく回らない。

掌《てのひら》から汗がにじんでいる。

今の俺は、明らかに正常じゃなかった。

これくらいの露出ならテレビなどで何度も見ている。

それなのにどうして……しほに限って、こんなにも動揺してしまうのだろう？

「あの、幸太郎《こうたろう》くん？　どうかしら？」

一方、しほはもう意を決したようだ。

勢いで水着姿になったとはいえ、覚悟はできたのだろう。

俺をまっすぐ見つめて感想を求めている。

その視線がまた、更に俺の体を熱くした。

「………」

普段の俺は、どちらかと言うと冷静な性格だ。

何かが起きても落ち着いて物事に対処するので、慌てふためくことはめったにない。

だけど今は、ダメだった。

（し、心臓が、飛び出そう……っ）

鼓動が速くて、大きい。

うるさいほどに脈打っている。

「え、えっと！」

絞り出すように発した声は、明らかに裏返っていて。

もう、平静を取り繕うことも不可能なまでに、俺は異常だった。

「こ、幸太郎くん？　どうしたの？　顔がすっごく真っ赤だわ……！」

「顔だけじゃないよっ。おにーちゃん、全身が真っ赤になってる!!」

「ちょっと！　こーたろー、大丈夫!?　げ、幻覚かしら……頭から湯気が出ているように見えるんだけど、気のせいよね!?」

しほたちも俺が普通じゃないことに気付いている。

それくらい分かりやすく、しほの水着姿にリアクションしていたのだ。

「……にひひっ。コウタロウ、テンプレのようなリアクションだねぇ。見ていてすごく微笑《ほほえ》ましいよ」

うるさい、メアリーさん。

結局、彼女が言った通りのリアクションを取ってしまっている自分が、とても恥ずかしかった。

とにかくまともに直視できなくて、俯《うつむ》いていると……いつまで経っても感想を言わないことで、しほは不安になったのだろう。

「も、もしかして……似合ってない？」

微かな影が無垢な表情を曇らせる。

それは、あってはならないこと。

せっかくしほが勇気を出して披露してくれた水着姿。

照れて、恥ずかしがって、まともに見ることすらできないなんて……彼女の覚悟に対して失礼である。

だから俺は、視線を上げた。

「に、似合ってない、わけじゃなくてっ」

しどろもどろになりながらも声を発する。

黒いビキニを目にして、またしても反射的に目をそらしそうになったけど……それに耐えて、彼女の瞳をまっすぐ見つめた。

しほは、不安そうな表情で俺の言葉を静かに待っている。

ビキニをお披露目するのはきっと恥ずかしかっただろう。

その努力に報いるためにも、俺は素直な思いを伝えた。

「かわいいよ。似合ってるし、綺麗だと思う」

月並みな言葉になって申し訳ないけれど。

しほの全てが輝いて見えた。

俺が平常心を失っているのは、君があまりにも魅力的すぎるせいだから。

「……ほんとに？　じゃあどうして、幸太郎くんはわたしを見てくれなかったの？」

「ご、ごめん。肌が、ちょっと……いや、すごく見えすぎるから、ドキドキしちゃって、うまく見られないだけでっ」

自分の気持ちがうまく伝えられない。

冷静であれば、もっと分かりやすく言語化して説明できるけど、今の状態ではそれも厳しい。誤解だけはされたくないのに……と、もやもやしていたら、意外なことに梓が助けてくれた。

「うわぁ。おにーちゃん、女子の水着が見られないの？　霜月さんの水着姿がエッチすぎるんでしょ？　これくらいでそんな真っ赤になるなんて……あ、こーゆー男の子をなんていうか最近ネットで見たことある！　おにーちゃんは『どーてー』だ!!」

たぶん、言葉の意味はよく分かっていないと思う。結構なことを言われていた。

というか分からないと信じたい。理解してそのセリフを使っていたなら、立ち直れなくなりそうだった。

「……梓、その言葉は下品だから二度と使わないように」

「へ？　ダメな言葉なの!?　じゃ、じゃあやめるっ」

見かねたりーくんが注意してくれたおかげで、梓の発言は落ち着いてくれた。

幸い、梓はりーくんの言うことだけは素直に聞くので、今後も大丈夫だろう。

とはいえ……実は耳年増なしほは、言葉の意味も分かっていたのかもしれない。

「へぇ。ふ～ん？　幸太郎くんったら……そういえば、温泉でも気を失ってたわね。あら、あら、幸太郎くんったら……もうっ♪」

不安そうな表情から、一転。

今度はイタズラっぽくニヤッと笑って、俺の脇腹をちょこんとつついた。

「幸太郎くんも男の子ね。うふふ……あなたにはちょっとだけ過激だったかしら？」

しほ以上に俺が照れている。

それがしほの嗜虐《しぎゃく》心をくすぐったらしい。

あ、まずい。しほの『小悪魔モード』が発動している。

彼女はどうも、俺の困った顔を見るのが好きらしい。

今、からかわれると危険だ。落ち着いて対処できないので、それだけはやめてほしいと釘を刺しておかないと。

「しほ？　あの、ごめんだけど……上から服を着てほしい。今の状態だとまともに見られないからっ」

「えー？　なんで？　幸太郎くん、似合ってるって言ったじゃない」

「似合ってるけど、似合いすぎてるというか……！」

「似合ってるならもっと見てほしいわ。ほらほら、黒いビキニよ？　あずにゃんと一緒に選んだの……これであなたを『のーさつ』したかったのよ。ちゃんとできてる？」

うん、悩殺はできてるよ。

破壊力が強すぎて俺が壊れかけているくらいには大成功だ。

「えへへ〜。さっきまでは恥ずかしかったけど、それ以上に幸太郎くんが恥ずかしがるなんて……本当にあなたはかわいいいわ♪」

攻めている時のしほは苛烈である。

今度は俺の右腕を抱きしめてくっついてきた。

普段ならかわいらしいとほのぼのする仕草だけど……衣服がないせいで、素肌の感触と柔らかい何かがハッキリと感じ取れるので、頭が真っ白になった。

暑い。もしかして気温が上昇したのか？

いや、違う。暑いわけじゃない。俺の体が、熱いんだ。

「しほ。ギブアップ……限界だ」

弱々しくそう伝えるのと同時。

鼻の奥から何かがあふれてくる感覚を覚える。

その瞬間、反射的に鼻を押さえたけど……鼻血は止められなかった。

「にゃー!?　血が……血が出てる!!　霜月さんがエッチすぎておにーちゃんが死んじゃうー！」

「霜月、どいて！　こーたろーにあんたの水着はまだ早かったわっ。男子高校生のくせにどれだけ免疫ないのよっ。もう、本当に仕方ないいんだから!!」

「はわわっ。ごごごごめんなさい！　調子に乗っちゃった……幸太郎くん、死なないでぇ」

状況はもはやカオスである。

とりあえずしほに血が付着しないように俯くと、椅子になりきっていたメアリーさんと目が合った。

彼女は意地悪な笑みを浮かべて俺にこう言った。

「テンプレだねぇ」

まさかあんな分かりやすい反応をするわけがないと思っていたのに。

恥ずかしくて、穴があったら入りたかった――。

◆

テントの影で休んでいたら鼻血はすぐに収まった。

一時的な流血で良かった。水を飲んで安静にしていたら回復したので、体調に問題はないだろう。

「幸太郎くん、大丈夫？」

隣では心配そうな表情のしほが介抱してくれていた。

ちなみに、りーくんと梓はペンションにうちわと氷嚢《ひょうのう》を取りに戻ってくれている。メアリーさんはいつの間にかどこかに消えていたので、二人きりだった。

「うん。今は大丈夫だよ」

しほは来た時と同じようにシャツを上から羽織ってくれている。おかげで今は落ち着いていた。

「ごめん。心配かけて」

「ううん。わたしのせいでこっちこそごめんね？　幸太郎くんのリアクションがかわいくてついやりすぎちゃったわ」

「いやいや……俺の免疫があまりにもないせいだから」

「でも、わたしとしてはちょっと嬉しかったけど……だからって、調子に乗ってたことは間違いないわ」

「……あはは」

「……うふふ」

お互いにぺこぺこと謝り合って、それから二人同時に笑ってしまった。

今回は別に誰のせいでもないのだ。どちらが悪いかなんて決める必要はないだろう。

「お互い様ということで」

「ええ。おあいこにしましょう？」

ここは二人とも悪いし、二人とも悪くないということで手打ちにしておこう。

「まぁ、ちょうど良かったわ。実はね、ビキニってすごく恥ずかしかったの。一瞬だけでも幸太郎くんが見てくれて満足だし、しばらくこのままでいいわ」

そう言ってくれると少しだけ気が楽になる。

せっかく水着を買ってくれたのに、隠させることになって申し訳なく感じていた。

「ら、来年こそは、平気でいられるように努力する」

「……そうね。来年はまた別の水着にするから、楽しみにしててね？」

別の水着か。耐えられるかなぁ……無理な気もするけど、そこは来年の自分にがんばってもらおう。

と、そうやって雑談していたら、梓とりーくんが帰ってきた。

「中山、これ。頭をちゃんと冷やしておきなさい……沸騰するわよ」

彼女は大量の氷が入ったビニール袋を俺の頭に載せた。

「もう煙は出てないわよね？　いや、でも人間の頭から煙が出るなんてありえないのよ。あれはやっぱり幻覚……？」

りーくんが観察するように俺を凝視しているので居心地は少し悪い。

なので、隣にいる梓に視線を移した。

「おにーちゃん、うちわも持ってきたよ～」

「ありがとう」

差し出してくれたうちわを受け取って、自分を扇《あお》ぐ。

氷嚢の冷たさと、扇いだ風が火照った体にちょうど良かった。

「ついでだから梓も扇いでいいよ？」

そう言って俺の隣にちょこんと座る梓。右手側にしほ、左手側に梓、後ろの方にりーくんがいて、なんだか包囲されている気分だ。

紺色のスク水を着ているせいで陽光を吸収しやすいのかもしれない。彼女もなんだかんだ暑いらしくうっすらと汗をかいていた。

「分かった。どう？」

「あひぃ～。すずし～」

「あずにゃんっ。幸太郎くんは体調が悪いんだから甘えるのはダメよ。ずるいわ！」

「もう顔色も良さそうだし大丈夫じゃないの？　おにーちゃん、そうでしょ？」

「まぁ、そうだけど」

「じゃ、じゃあわたしもっ」

今度はしほが俺の手を引っ張ったので、彼女の方をうちわで扇いであげる。

「ん～。きもち～」

満足そうな表情を浮かべていた。

「ぐぬぬっ。おにーちゃん、こっち、こっち！」

「ダメ！　幸太郎くん、こっち！」

そして始まる二人の小競《こ ぜ》り合い。

小動物のじゃれあいにしか見えないのは微笑ましいけれど……間に挟まっている俺は困ってしまった。

「えっと、どうしよう」

一年生の頃までは、こういう時に二人の気が済むまで待つことしかできなかった。

しかし今は違う。

「……こら。中山が困ってるでしょ？　その辺にしておきなさい」

りーくんと出会ってからは彼女が仲裁に入ってくれるので、しほと梓のじゃれあいは意外と早く決着がついた。

「「はーい」」

二人とも、りーくんの言うことは素直に聞くんだよなぁ。

引き分けに終わったのは良いものの、しほも梓もじゃれあったせいで汗だくだ。

今はテントの影にいるからマシだけど今日は本当に暑い。

太陽の下に出たら燃え尽きてしまいそうだ。日焼けもたいへんなことに……って、そうだ。思い出した。

「梓、日焼け止めは持ってきて――ないよな」

「うん。持ってきてないよ。むしろなんで梓が持ってくると思ったの？」

やっぱりか。まぁ、少しでも期待した俺が間違っていたのだろう。

「りーくん、借りてもいい？」

「いいけど、その名前で呼ばないで」

相変わらず人前だとダメなんだよなぁ。心の中でずっと『りーくん』って呼んでるから、いきなりは無理だ。

「ありがとう、りーくん」

「あたしの話、ちゃんと聞いてた？」

呼び方についてはとりあえず無視して、りーくんから日焼け止めを受け取る。

少量を掌に出して、まずは自分の体に塗ってく。首筋、手、足の順番に塗布するとメントールの成分が入っていたようで、ひんやりした。

塗り終わって、次に梓に貸そうと思っていたのだけれど。

「おにーちゃん、梓も！」

怠け者の梓は塗ることさえめんどくさいらしい。

「んっ」

「はいはい、分かったから」

最近、俺が触ろうとするとイヤがるのに、今日は機嫌がいいのかな。

早くしろと言わんばかりに体を押し付けてきたので、言われた通り彼女にも塗ってあげた。

まずは首筋と、それから肩と腕にかけて日焼け止めが付着した手を滑らせる。

「ぅ～。く、くすぐったいし、なんかスースーする！」

「そういう成分が入ってるのよ。気持ち良いでしょ？」

「うんっ。暑いからちょーどいいねっ」

梓もご満悦だ。満足そうにニマニマと笑っている。

しかし、梓と犬猿の仲の彼女はまるで逆の表情を浮かべていた。

「むむむっ」

しほが、ほっぺたをパンパンに膨らせて俺を睨《にら》んでいる。

上目遣いなのでかわいいけど、この表情は明らかに拗《す》ねていた。

「幸太郎くん、わたしも！」

今度は彼女の方が俺にグイッと身を寄せてくる。

わ、わたしもって……俺がしほに日焼け止めを塗れと？

「はぁ？　霜月さん、さっき着替えてるときに塗ってたじゃん！　梓に『わたしは前世が吸血鬼さんだから日の光に弱いの』とか言ってたくせにっ」

「そんなの記憶にありませーん」

素知らぬ顔で俺を待っているしほ。

日に焼けるんじゃなくて、梓に妬いているようだ。

でも……ごめんね、しほ。

「たぶん、触ったらまた鼻血が出るから」

同じ轍《てつ》は二度と踏まない。

触れたら最後。さっきの二の舞になることは間違いないので、さすがに断った。

「そうよ。霜月、さすがに遠慮しておきなさい……中山が貧血になっちゃうかもしれないから」

りーくんも助け舟を出してくれた。

おかげで、しほは引き下がらざるを得ないようで。

「ぐぬぬっ」

今度は彼女が悔しそうな顔をする。

「ふふーん♪」

そして、梓がすごく楽しそうだった。しほよりも優位に立てて気持ち良くなっているのかもしれない。

「やっぱり妹がさいきょーだよね～」

「で、でもわたしは幸太郎くんの『恋人』よ！　わたしが最強だもんっ」

「ぷぷーw　彼女なんて女の子なら誰でもなれる可能性があるし、おにーちゃんが浮気したら増えるじゃん？　でも、妹は誰でもなれるわけじゃないし、増えることもめったにないし、つまり梓がさいきょー！」

今の梓はすごく調子に乗っている。

しほを煽るかのように俺と肩を組んで見せつけていた。

「霜月さんはおにーちゃんに意識されるから、こうやって気軽に密着できない。でも梓はできる。なぜなら妹だから！」

SEASON

「く、くやちぃ……わたしも妹になりたいっ」

「フハハハハハ！」

悔しがるしほ。魔王みたいに笑う梓。

「低レベルな言い争いね。まったく……かわいいからいいけど」

「あはは」

そんな二人を呆れた表情で眺めるりーくんと、笑って見守る俺。

これは普段の光景だった。

海に来ても結局俺たちはいつも通りの関係性である。

「ずるいわ！　あずにゃん、こういう時だけおにーちゃんに甘えるなんてっ。普段はツンとしててブラコンは隠してるくせに！」

「はぁ!?　梓はブラコンじゃないですけど～」

「とか言って、わたしが幸太郎くんに特別扱いされたらイヤなのよね？」

「うん。それはすっごくイヤ！」

「じゃあブラコンよ！」

「別に？　ただ、霜月さんより格下扱いがムカつくだけだもーん」

「ウソつき！　本当は幸太郎くんのことが大好きなくせにっ」

「全然違います〜。梓は別におにーちゃんのこと好きじゃないけど、おにーちゃんが梓のことを大好きなだけです〜」

「……止めても無駄ね。まぁいいわ、中山に迷惑がかからないなら好きにやりなさい」

あ、りーくんが諦めた。

彼女はしほたちの喧嘩《けんか》を無視することに決めたらしい。

クーラーボックスから飲み物を取って、数メートル離れた場所にあるビーチチェアに座ると、本を取り出して読み始めた。

「りーくんが本を読むって珍しいかも」

「あんたの前で読まないだけよ。気になった本があれば読んでるから」

「どんな本？」

「だいたいは学問書ね。経済学とか、心理学とか……まぁ、生まれた家が面倒だから、たしなみで」

「そうなんだ。まぁ、でもせっかくだし泳いだりしない？　後で行こう」

「いえ……遠慮しておくわ。本当は海水浴って嫌いなのよ。海で泳ぐのも面倒だし、砂で足がとられるのも不快だし、バーベキューより室内で食事する方が好みなの」

「えっ？　じゃあ、なんで海に連れてきてくれたの？」

「……別に、あんたたちに楽しんでほしいわけじゃないからね」

ああ、そういうことか。

俺たちを楽しませるために苦手な海水浴に付き合ってくれているらしい。場所まで貸してくれて本当に優しい女の子だと思う。

相変わらず分かりやすいツンデレでなんだか微笑ましかった。

「な、なにをニヤニヤしてるのよっ。もういい？　あたし、読書するから」

りーくんは会話を打ち切って俺から視線をそらした。

足を組んでページに視線を落とすその姿は、なかなか様になっている。

彼女はすっかりリラックスモードだ。仕方ない、邪魔しないでおこう。

一方、しほと梓の喧嘩……いや、じゃれあいは更にヒートアップしていて。

「おねーちゃんに向かってナマイキだわ！」

「霜月さんをおねーちゃんって認めてないから！」

「じゃあ、勝負よっ。泳ぎ対決でもしてわたしがおねーちゃんってことを『わからせて』あげるわ」

「いいよ、ぼっこぼこにしてやるんだからね！　そろそろ梓の方が霜月さんよりもはるかに優れていることを『わからせて』やるっ」

もう我慢できなくなったらしい。

勢いよく立ち上がって、海の方に走って行った。

……さて、俺はどうしよう？

急に手持ち無沙汰になったので、とりあえずりーくんの隣にあるビーチチェアに座ってゆっくりすることにした。

ふぅ……俺も本を持ってくれば良かったなぁ――。

◆

それからしばらく、俺たちはビーチを満喫した。

しほと梓と一緒に海で泳いで、砂浜に穴を掘ってなぜか俺が埋められて、ビーチボールで遊んで、お昼はバーベキューをした。

朝早く来たおかげでまだ十四時にもかかわらず、色々と楽しめた気がする。

一通り遊びつくしたからなのか、昼食を食べた後もみんなで動かずにビーチチェアに座りっぱなしだった。

「あ、そろそろスタミナを消費しないと……！」

「はっ。デイリーミッションをまだ達成してないわ!?　急いでやらないとっ」

せっかく海水浴に来たけれど……二人はスマホでゲームを始めた。

まぁ、体力的にも仕方ないか。泳いだり砂浜で走り回ったりしていたので、かなり疲労しているだろうし。

「ねぇ霜月さん、これ見て！　すごいでしょ～」

「わぁっ。この前ピックアップされてたSSRだわ……すごーい！」

ちなみにしほと梓の勝負は『二人ともまともに泳げなかった』という結果に終わってうやむやになったようである。今は二人とも仲良しで、さっきまで喧嘩していたことなんてもう忘れているようだ。

「「「…………」」」

しばらく、無言の時間が流れる。

りーくんも食事を終えてから読書を再開したので誰も何も言わない。

しかし、四人とも浅い関係ではないのでぎこちない感じはなかった。むしろこの無言さえも心地好《よ》いと感じられるほどである。

今は俺も何もせずにしておこうかな。本当はバーベキューの後片付けをしたかったけど。

そうやって、しばらく休んでいると。

「……あれ？　そういえば貧乏メイドがいないわね」

先に沈黙を破ったのは、りーくんだった。周囲をきょろきょろと見回している。

俺も周りを確認してみたけど、やっぱりメアリーさんはどこにもいなかった。

「誰か、あのメイドをどこかで見た？」

「朝、ここで椅子になってた以降の姿はどこでも見てないなぁ」

「梓もわかんなーい」

「わたしも知らないわ」

「そう……そばに居るように指示はしていたのに。まったく……」

たぶん、四人ともメアリーさんのことはまったく意識してなかったと思う。

りーくんが彼女の名を呼ぶまですっかり忘れていた。

「別にいなくても良いけれどね？　むしろいない方が落ち着いてはいたけれど、姿が見えないとなるとそれはそれでめんどくさいのよ」

たしかにその通りだと思う。

りーくんが抑止力になっているとはいえ、メアリーさんなら裏で何か企んでいてもおかしくない。そう思わせるような人間なので、なんだか急に不安になってきた。

（さっきも、不穏なことを言ってた気がする……）

このまま終わるつもりはない、みたいなことを彼女は口にしていた。

それを覚えていたからこそ、あいつのいきなりの登場に対しても俺はあまり動揺せずにいられたのだろう。

時刻は十五時。そろそろまた、海で泳ごうかと話をしていたら……遠くの方に男女の三人組を見つけた。

「あれ？　りーくん、あっちに誰かいる」

「はぁ？　ここは誰も来ないはず……」

俺からはまだ男女の容姿は視認できない。

歩き方やシルエットでなんとなく判断すると、一人が男性で、二人が女性だと思う。

「あー！　あずにゃん、そっちはダメよ、キルされちゃうっ」

「いやいや、こっちだから！　霜月さんのいるところ、エリアに入ってないからっ」

しほと梓は謎の人物の接近に気付くことなく、スマホでシューティングゲームをやっていた。呑気《のんき》な二人は放置して、りーくんの方に歩み寄る。

「間違って来たとか？」

「それなら監視している使用人が止めてるだろうし、少なくともこちらに連絡が入ってくるはずよ。それがないってことは、たぶんここに入る許可が出ているってことだと思う」

「それってつまり、一徹《いってつ》さんの許可ってこと？」

「……そうとは限らない。このビーチはあくまで『共同所有』なのよ。つまり――胡桃沢の身内か、知人の誰か、ということね」

りーくんは三人の男女をジッと見ている。

炎天下の砂浜はかなり熱いのだろう。陽炎《かげろう》がゆらゆらと揺れていて、まだはっきりと顔が見えない。

でも、次第に容姿が見えてきて――ついに相手の正体が分かった。

「またあの子？　まったく、旅館の時から何かとタイミングが悪いわね」

りーくんもどうやら気付いたらしい。うんざりとしたようにため息をついている。

一方の俺は、少し複雑な気分だった。

うーん……どうしよう？

「竜崎《りゅうざき》、か」

竜崎龍馬《りょうま》が、いる。

その隣にはもちろん、竜崎を大好きな二人――北条《ほうじょう》結月《ゆづき》と浅倉《あさくら》キラリがいた。

まさかここで会うことになるなんて。

偶然、なんかじゃない。

牙が抜けているとはいえ、やっぱりメアリーさんはトラブルの種をまくのがうまい。
きっと彼女の仕業だろう。
そうじゃないと、こんな場所であいつが登場するはずがないのだから――。

❄

第五話
とある元ハーレム主人公の終着点

竜崎龍馬《りゅうざきりょうま》が数メートル先で足を止めた。

「よ、よう……」

気まずそうな顔で挨拶をしてくる竜崎に影響されているのか、隣にいる結月《ゆづき》とキラリもなんだか普段よりぎこちなく見えた。

「みんな、やっほー」

「どうも、こんにちは」

「「………」」

二人がおずおずと言葉をかけてくれたものの、こちらの反応が芳《かんば》しくない。

しほと梓《あずさ》もついさっき竜崎たちの到着に気付いたらしく、今はすっかり大人しくなっていた。りーくんも不機嫌そうな顔でブスッとしているので雰囲気はあまり良くない。

「中山《なかやま》、突然すまないな」

竜崎もこの空気感を気にしてなのか、あえて無言にならないよう俺に話しかけてきた。

この中だと、俺が一番穏やかに話せそうと判断したのかな。実際、他の三人に比べたら平常心だと思うので、気を取り直してしっかり応対することに。

「うん。いきなりでびっくりはしてる」

「悪い。でも、やっぱり海で遊びたくて来たんだ。邪魔にならないようにする……あと、胡桃沢《くるみざわ》。俺たちが遊ぶのを許可してくれてありがとう」

「え？　許可って……？」

竜崎の口ぶりだと、りーくんは彼らの到来を事前に知っていたことになる。

でも、彼女は首を横に振った。

「許可なんて出した覚えはないわよ？　あんたたちが来ることも聞いてない」

「マジかよっ。結月、どういうことだ？」

「どういうことって……くるりさんからわたくしに連絡が来たので、それに返事をしたのですよ？　知らないなんてありえません」

「「「……？？？」」」

三人の頭にクエスチョンマークが浮かぶ。

両者ともに意見が食い違っていて、よく分からない状況だった。

「えっと。とりあえず状況をまとめさせて」

情報を整理するためにも、みんなから話を聞いてみた。

まず、りーくんから『今度ビーチに行く』と結月に連絡が入ったらしい。

このビーチはどうも、胡桃沢の他に北条《ほうじょう》も資金を出して共同所有しているらしく、その関連があって連絡が入ったと結月は思ったらしい。

ただ、そこで『ついでだしあんたたちも来れば？』というメッセージも来たらしく、それを竜崎とキラリに伝えたところ、海水浴に行こうという流れになったようだ。

「この前の旅館の時と同じような感じかしら」

りーくんの発言で、あの時の状況を思い出す。ただ、決定的に違うのは……お互いの認識に食い違いが生じていることだろう。

「あたしじゃない人間が、あたしのふりをして、許可を出したということになるわね」

「……そういうことか」

ここまで整理して理解できた。

やっぱり、この状況って……メアリーさんの仕業だと思う。

そう考えると辻褄《つじつま》が合うのだ。

恐らく、彼女はりーくんのふりをして結月にメッセージを送ったのだろう。使用人という立場を利用したのだ。

そのことにりーくんも気付いたらしい。

「あのクソメイド……！」

苛立《いらだ》ちを隠すことなく悪態をついている。

今回の件はりーくんのせいではない。でも、りーくんが雇っているメアリーさんのしでかしたことなので、彼女は責任を感じているようだ。

「うちの使用人が仕組んだせいね……あんたたちもある意味では被害者よ。ちゃんと連絡は入ってたはずなのに、手違いで知らなかったわ。ごめんなさい」

普段、他人に対してかなり不愛想な彼女なのに、素直に頭を下げて謝っている。そのことに竜崎はびっくりしていた。

「い、いや！　急に行きたいって言ったからな……こっちこそ悪かった」

あいつとしても、今日は海水浴を楽しみたくて来たのだろう。

穏便にすませようとしている姿勢が垣間見える。

「別に迷惑をかけたいわけじゃねぇんだ。ここで遊ばせてくれればそれで良くて……かかわるつもりもねぇよ。ただ、視界には入ると思うから、挨拶だけはしておこうと思ってな」

今度は俺に向かって、竜崎はここに来た意図を説明してくれた。

……変わったなぁ。

今の彼には、以前のような独善的で自己中心的な部分が見えない。

だからこそ、俺も敵対心を抱いていない。

竜崎の気持ちにちゃんと『共感』できていた。

(この様子ならまぁ、大丈夫かな)

正直なところ、今の俺は竜崎に対して不快感はない。

でも……しほと梓のことは心配だったので、態度によってはちゃんと拒絶しようかと考えていたけど、それは不要だろう。

現在の竜崎龍馬は、他人に対して迷惑をかけないと信じられたのだ。

「中山、どうする？　あたしには落ち度があって強く言えないし、あんたに任せるわ」

「すまねぇな。隅っこの方でいいから、少し遊ばせてくれ」

「……いや、別に気にしないよ。隅っこだとペンションから遠いと思うから、そこまで離れなくてもいいと思うけど」

ペンションはシャワーとか更衣室の他、トイレも設備されている。遠いと不便なので近い方がいいだろう。

「いいのか？　助かる」

「ううん、気にしないで」

とりあえず話はある程度まとまった。

しかし、まだ雰囲気はぎこちない。辛うじて俺と竜崎が会話をつないでいるものの、他のメンバーは居心地が悪そうだ。

「えっと」

「あー……そのだな」

俺も竜崎も仲は良くないわけで、ついに会話が途切れてしまった。

どうしよう？　少し強引だけどペンションに誘導するべきか？

でもそれをやってしまうと『邪魔』と言っているように竜崎たちが感じないだろうか。

気を悪くしないかな……。

平穏に、それでいて誰の迷惑にもならない解決策はないのか。

悩んでいたら――予想外の角度から助けが入った。

「……うん、わかった！　じゃあ後で一緒にスイカ割りしようねっ」

気まずい空気を切り裂くように、明るくて無邪気な声が響く。

その声の主は、さっきまで押し黙っていた梓だった。

「キラリおねーちゃん、日焼け止めは持ってきた？　いっぱい塗った方がいーよっ」

「それはそうだね……あずちゃんは塗ったの？」

「もちろんっ。梓も肌には気を付けてるからね～」

「へぇ～。あずちゃんも成長したね。よしよし」

……この中で唯一、竜崎たちとも俺たちとも仲が良いのは、梓である。

恐らく、彼女はそれに気付いている。だからこそ今、自分だけがこの空気をなんとかできると察して声を上げてくれたのだと思った。

「結月おねーちゃん、後で一緒に泳ごっ」

「はい。それは別にいいのですが……梓さんって泳げましたか？　水泳の成績は全然ダメだった気がします」

「だから結月おねーちゃんのおっきーおっぱいを浮き輪にするんだよ？」

「こ、これは浮き輪じゃないです！」

おかげで、さっきまでどうしていいか分からないと言わんばかりにおろおろしていたキラリと結月の表情が緩んだ。

そして、竜崎のことも……梓はちゃんと、乗り越えたらしい。

「龍馬……くんも、楽しもうねっ」

呼び方は少したどたどしい。いつも『龍馬おにーちゃん』と呼んでいたのだから、慣れていないのだろう。

だけど彼女は、ちゃんと竜崎の名を呼んだ。

そうすることで彼もまた仲間外れではなくなるわけだ。

「ああ……楽しむよ。ありがとう」

「うん！」

無邪気な笑顔が場を和ませる。

でも、兄である俺だけは、梓の手がぎゅっと握られていることに気付いていた。

気が小さい梓にとっては、とても勇気のいる行動だったと思う。特に、かつて好きだった竜崎に声をかけるのは、相当な覚悟が必要だっただろう。

（梓、偉いぞ！）

心の中で拍手を送る。

義妹《いもうと》の成長を実感して、とても胸が温かくなった。

今の梓はいつもより大人に見える。スク水じゃなければもっとお姉さんに見えたかもしれないのに、残念だ。

何はともあれ、梓のおかげで雰囲気は良くなっている。

「じゃあ、着替えてくる。中山、何かあったら言ってくれ」

「分かった。そっちも何かあればいつでも声をかけて」

「おう！」

最後にそう言葉を交わして、竜崎たちはペンションのある方向に歩き去っていく。

彼らを見送っていたら、いつの間にか隣に来ていた梓がちょこんと俺の脇腹をつついた。

「おにーちゃん、日焼け止め塗って」

「え？　あ……ああ、うん。いいよ」

もうとっくに日焼け止めは塗り終わっている。でも、彼女が何かを求めているのを察した俺は、ゆっくりとその頭を撫でた。

「……頭に塗るって意味わかんない。どーせ梓の頭が撫でたかっただけでしょ？　おにーちゃん、シスコンすぎてきもーい」

と、口ではナマイキなことを言っているけど、いつものように逃げたりせずに彼女はされるがままだった。

やっぱりこの行動で正解だったと思う。

「ごめんごめん」

謝りながらも、やめることなく梓の頭を撫でて労《いたわ》ってあげる。

「えへっ。しょーがないにゃあ……おにーちゃんはシスコンだね♪」

たしかにシスコンであることは否定できない。

だって、妹のことがかわいくて仕方ないのだから。

梓……本当によくがんばったね。

君の成長が、心から嬉しいよ――。

◆

さてさて、梓はすっかりご機嫌になっているけれど。

一方、りーくんは不機嫌そうだ。

「はぁ。本当にあのメイドは迷惑ばっかりかけて……！」

りーくんはメアリーさんへの怒りが収まらないようである。

こっちはたぶん、時間が経てば自然と落ち着くと思うので放置しても大丈夫だろう。

今は変に声をかけても『迷惑かけてごめんなさい』と謝られる気がするし、何も言わない方が吉だと思った。

問題はしほの方である。

彼女はかつて、竜崎のことをかなり苦手としていた。あいつも変わったとはいえ、しほの苦手意識が完全になくなっているわけではないだろう。

「…………」

様子を見てみると、彼女は表情が暗かった。ビーチチェアの上で足を抱えて体育座りをしている。

やっぱり竜崎のことはイヤなのかな……遠ざけた方が良かったかもしれない。

うーん、判断を誤っただろうか。そのあたりに自信がなかったので、しほの調子を確認してみるためにも話しかけてみた。

「しほ？　あの……」

「——幸太郎くん。最悪な気分だわ」

「え？　そ、そうなの？」

表情が読めなかったので分からなかった。どうやらしほはご立腹らしい。

竜崎のことがどうしても気に入らないのかもしれない。

「イヤな思いをしてほしいとは思ってないんだ。この海水浴は、楽しい思い出にしたくて……！」

「ええ、そうね。わたしもそう思うわ……どうして今、思い出してしまったのかしら。忘れたままなら、イヤな気分にならなくてもすんだのに」

竜崎のこと、忘れていたんだ。

思い出したくもないくらい、しほにとっては苦手な存在のままなんだ。

だとするなら……ちゃんと拒絶するべきだった。

「そうなんだ。ほ、本当にごめんっ」

彼女の気持ちをもっと考えてあげるべきだった。

後悔が胸をいっぱいにしている。せめてもの償《つぐな》いで謝罪をしていたけれど……。

「幸太郎くんに謝られても困るわ。だって……もうお家《うち》に忘れたおやつは持ってこられないもの!!」

——あれ?

この子は何を言っているのだろう?

「ぐすんっ。パパにおねだりして五百円分も買ったのよ? ママに内緒でたくさん買い込んでいたのに……まさか忘れちゃうなんて!」

「そ、そんなことで落ち込んでたの?」

「『そんなこと』じゃないもん! わたしにとっては重大なことだもんっ」

ムキになって主張されても困る。

おやつくらい……いや、まぁ食い意地の張っているしほにとっては大切な事柄なのだろう。深刻な顔つきだった。

さっきからずっと沈黙だったのは、そのせいだったということか。

えっと、それならつまり？

「りゅ、竜崎のことでは落ち込んでないってこと？」

「ふぇ？　なんで彼のことで落ち込むの？　別に近くで遊ぶくらい気にしないわ。前と比べたら別に何も思わないもの」

俺が思っていたよりも、しほの意志は図太いのかもしれない。

「そんなことよりも、おやつを忘れたショックで立ち直れないわ……」

……まぁいいか。しほが傷ついていないのなら、判断も正しかったということだろう。

「あ、竜崎くんたちも来たわね。どうする？　とりあえずスイカ割りでもする？　……って、北条さんのおっぱいでっか!?　す、スイカはもしかしてあっち……？」

心配したけれど……とりあえず彼女は平気そうだった。

◆

「あー！　全然ダメだぁ……じゃあ次は結月おねーちゃんの番ねっ」

「はい。がんばりますね」

「ゆづちゃん、いけー!」

「あのスイカ、とっても美味しそうだわ。北条さん、がんばれ～」

「ブランド品のスイカなのよ。そろそろ食べたいわね……」

水着に着替えた竜崎たちと合流して、スイカ割りをしている最中のことだった。

「中山、ちょっといいか？　話がしたいんだ。少し離れよう」

竜崎が突然声をかけてきた。

「分かった」

断る理由もなかったので、大人しく彼の言葉に従った。

ビーチチェアから立ち上がって、みんなから距離を取る。とはいってもそんなに離れすぎず、彼女たちの声が微《かす》かに聞き取れるくらいの位置で足を止めた。

「右よ!　もっと右……間違えた、そっちは左だったー!」

「しほさん、つまりどこですか!?　さっきからポンコツすぎて分からないですっ」

「ゆづちゃん、下!　もっと下ってさっきからずっと言ってるでしょ!?」

「下!?　地面に潜れと言ってるのですかっ」

「胸元だよ、結月おねーちゃん!　自分の胸元に二つあるよっ」

「これはスイカじゃないです！」

「味は悪そうね。大きいだけで品質が悪いわ」

「くるりさん、ちゃんと聞こえてますからね？　自分が小さいからって酷《ひど》いことを言わないでください！」

スイカ割りもいい感じで盛り上がっている。

賑《にぎ》やかなみんなを眺めながら、竜崎との会話が始まった。

「楽しそうだな」

「うん。いいことだと思う」

顔を合わせた当初こそ、二組は干渉することなく遊ぶのかなと思っていたけど……意外とみんな、仲は悪くないように見えた。

特に女性陣は会話が多い。キラリは明るいし、結月も温厚なので、しほとりーくんも二人にそこまで緊張していない。むしろ平気そうである。

なので、俺としてはうまくいっているように見えていたけれど。

竜崎には何か心配していることがあるようだ。

「……しほと梓、無理してないか？　俺のこと、本当はイヤなのに我慢させていたら申しわけなくてな」

なるほど……竜崎はそれが聞きたくて俺に声をかけたのか。

「さっきも言ったが、とにかく迷惑をかけたいわけじゃねぇんだよ。邪魔だけは絶対にしたくねぇからさ……本当のことを言ってくれ。そうしたらちゃんと距離を取る」

真剣な表情である。

竜崎なりに気を遣ってくれているのだろう。やっぱりこいつは、変わった。

おかげで会話がやりやすかった。

「様子を見てたけど大丈夫そうだったよ。二人とも、竜崎のことは良くも悪くも気にしていない感じがする」

「そうか……それなら良かった。すまねぇな、本当は海水浴に来ない方が中山たちに迷惑がかからないことは分かってたんだ。でも、どうしても俺は、海に来たかった……！」

うん、気持ちは分かるよ。

一度きりしかない高校二年の夏休み。

素敵な思い出を作りたいと、竜崎も思っていたのだろう。その気持ちには強く共感できた——と、思ったのに。

「だって、結月とキラリの水着が見たかったんだ!!　特に結月……おい、あれすごくねぇか？　で、でかすぎだろ!?」

……やっぱり全然共感できなかった。

目的は思い出じゃなくて、水着だったらしい。

竜崎は俺のことを全く見ていない。さっきからずっとスイカ割りをしている結月を凝視していた。

目がバキバキである。充血していてちょっと気持ち悪い。

「大きいのって、そんなにいいかな。嫌いではないんだけどさ……」

「は？　大きければ大きいほどいいだろ！　ははーん、さてはてめぇ、ちっぱい派か？　やっぱり俺たちは相容《あいい》れねぇな……流派が違う」

流派ってなんだよ。バカだなぁ。

あと、小さい方が好きというわけでもない。仮にしほが大きかったら、それはそれでいいと思う。つまり俺の流派はしほ派――と、変なことを考えている自分に気付いて、急に恥ずかしくなった。竜崎につられたせいだ。

「今日はな、泊まりで来てんだよ。ペンションに一泊する。そっちは？」

「俺たちは夕方に帰るよ」

「そうか。なら、それまでは結月のおっぱいをちゃんと見ておけよ。幸せのおすそ分けだ」

「何を言ってるんだか」

別に要らないよ。

もう十分、幸せなんだから。

「よし！　まぁ、しほと梓に迷惑をかけてないならそれで十分だ。もちろん、だからって俺からお前たちに何かするということはないから安心しろ……お互い、楽しもうな！」

用事が済んだら、竜崎は爽やかに笑って親指を立てた。

顔も整っているから、なかなか魅力的な笑顔である。

「じゃあ戻ろうぜ！　あのおっぱいを近くから見たいっ」

……それと、少しバカなところも竜崎らしくて、俺もなんだか笑ってしまった。

うん、やっぱり今の竜崎なら大丈夫だ。

かつては、傲慢で独りよがりなハーレム主人公みたいだったけど。

今はすっかり、普通の……いや、少しスケベなだけの男子高校生である。

◆

結局、竜崎たちが来てからも楽しい時間は続いた。

ずっと彼らと遊んでいるというわけではないけれど、時折会話を交わす程度の距離感でいてくれるおかげで、居心地が悪くなることもなかった。

特に、竜崎はこちら側に気を遣ってくれて、しほと梓に近づかないように意識していたと思う。おかげで、二人は自由に遊んでいた。

そんなこんなで賑やかなひとときを過ごしていたけれど……もうすぐ十八時。夕方頃には帰宅しようと決めていたので、そろそろ時間である。

（りーくんは……あれ？　どこだ？　そういえば梓もいないぞ？）

彼女に詳しい帰宅時間を確認しようと思ったのに、ビーチにその姿がない。加えて梓までいないので気になった。

ここにいないとなると……あそこかな？

「しほ。ちょっとペンションに行ってくるよ」

「はーい。わたしはここでゆっくりしてるわ。少し疲れちゃったから」

遊び疲れて休んでいたしほに声をかけてから、彼女に背を向ける。

……竜崎がいるから、俺と離れたがらないかなと思ったけど、そんなことはなかった。

もう、俺の後ろに隠れなくても平気なのだろう。

しほは本当に強くなったと思う。

まぁ、今の竜崎は前よりも穏やかだし……しほをこの場に残しても大丈夫だろう。

そう思って、ビーチを後にするのだった――。

◆

――竜崎龍馬は楽しかった。

「結月、行くぞ～」

「ま、待ってください！　いきなりは……あぎゅっ」

「にゃははっ。ゆづちゃん、運動音痴すぎてウケるーw」

ただ、ビーチボールでたわむれているだけ。

それなのに、水着姿の美女二人と一緒にいるという事実が、彼のテンションを増幅させていた。

最高だった。

龍馬にとって、今が人生のピークであると……そういっても過言ではないくらい、楽しくて興奮していた。

「ぐへへ」

鼻の下を伸ばしながら、結月とキラリの水着を凝視する。

手足がスラっと長く、お腹《なか》も引き締まっていて、それでいて胸もほどほどに育っているキラリを見ているだけで鼻の下が伸びた。

そして、キラリよりスタイルは少しだらしないものの、胸がとにかく大きい結月は、見ているだけで変な笑い声が漏れてしまうほどだ。

正直なところ、この巨乳……いや、爆乳は男子高校生にとっては眩《まぶ》しすぎる。

まるで誘蛾灯《ゆうがとう》に吸い寄せられる虫のように、彼の視線は結月の胸に吸い寄せられた。

「ぐへへへへ……って、痛《いて》ぇ!?」

「こら、りゅーくん？　さっきからゆづちゃんの水着ばっかり見てるのは分かってるよ？　アタシも見ろよ、おい」

結月の胸があまりにも揺れるせいである。

そちらに気を取られて、ビーチボールがパスされたことに気付かずに龍馬の画面に直撃した。もちろん痛くはないが、痛いところを突かれてしまった。

「み、見てるぞ！　キラリのビキニ姿もエッチだと思ってるからな!?」

「……お、おう。なんかそうハッキリ言われたら、それはそれで引くなぁ」

「でもごめん！　やっぱり結月がちょっと、エロすぎて見ちまうっ。つまり俺は悪くねぇ。

結月がドスケべだから悪ぃんだ。謝れ、結月!!」

動揺のあまり発言がめちゃくちゃである。

いつもならもう少し気が遣えるのだが、海という開放的な場所に来ていることもあって、今日は発言も開放的だった。

「え？　あ、あの……ごめんなさい。わたくしが悪かった……のですか!?　よ、よく分からないのですが、そんなにハッキリとスケべって言われたら……ど、ドキドキしますね」

「うわっ。出た、ゆづちゃんってなんで罵倒されたら喜ぶの？　性癖も下品なのはやめてよ。品がないのはおっぱいだけにして」

「む、胸が下品って言わないでください!!」

そして、二人は変態な龍馬を拒絶しない。

キラリは少し引いているし、結月はなぜか興奮しているが、それでも龍馬を受け入れてくれている。彼はそれが本当に嬉しかった。

「も、もう限界です……わたくし、着替えてきます。これ以上は誰にも胸を見せませんよ？　……龍馬さんだけには、こっそり見てもらいたいのですが」

「はいはい、そうやって誘惑するのはやめなさーい。りゅーくんが覚悟を決めて、ゆづちゃんを彼女に選んでからにしてね。アタシの告白に応えてないのに、そんなことさせるわけないじゃーん」

「むむっ。二人で一緒に見せたら平等だと思いますけど」

「倫理観どうなってんの!?　ゆづちゃんがムッツリ変態すぎるっ……まぁ、そういうことだから、着替えに戻るね。りゅーくん、ちょっと留守番してて～」

「二人同時……ごほんっ。あ、ああ、分かった！」

魅惑的な言葉に思わず乗っかりそうになったものの、そこは耐えて二人を見送る龍馬。

「……キラリって、強引に押せばいけそうだよな」

などと、良からぬことを考えそうになったので、彼は首を横に振って邪念を払った。

（いけない！　誠実に対応しないとな）

龍馬はスケベだがクズではない。

キラリと結月の気持ちに対して、まっすぐに応えたいと思っている。

だからこそ、ずるい手段は使いたくなかった。

それくらい彼女たちのことを大切に思っているのだ。

（今日は二人と海に来られて良かった）

心から、そう実感する。

本当は来るか迷った。なぜなら、幸太郎たちもいることを知っていたから。

龍馬は、自分がいたらしほや梓に迷惑をかけるかもしれないと危惧していた。

(散々イヤな思いをさせてきたからな……これ以上は気を付けないと)

今日も一日中、これだけは心に留めて遊んでいた。

絶対にしほや梓に近づかないように距離を取って、あくまでキラリと結月と遊ぶことだけに集中していたのである。

おかげで二人の水着姿も堪能できたので、彼としては大いに充実した一日を過ごせた。

(しかも、これで今日は泊まりだからな……ぐへへ。夜、お風呂場に乱入してやるぜ！旅館のリベンジだ!!)

と、くだらないことを龍馬は決意している。

時刻はもう夕方。夜は、幸太郎たちが使用していたバーベキューセットを借りて肉を焼くことになっていた。許可はちゃんと取れているのだが……一応、そろそろ声をかけておこうと思って、龍馬は幸太郎の姿を探した。

しかし、彼はいない。

いや、それどころかビーチにはほとんど誰も残っていなかった。

ただ一人だけ、視認できるのは……銀髪が綺麗な少女だけである。

(……まずいな。しほと二人きりじゃねぇか)

良くない展開だと思った。

龍馬にとって、ではない。しほがこの状況に気付いたらイヤだろうなと、彼は不安になったのである。

(仕方ねぇ。俺もペンションに行くか)

その代わり、しほが一人きりになってしまうが、すぐに幸太郎を向かわせればいいだろうと、そう判断して龍馬も歩き出した。

そのまま、しほの後ろを通り過ぎようとする。距離的に彼女には存在を気付かれてしまうが、怖がらせる前に歩き去ってしまえばいい。

龍馬はそう考えていたのだ。

しかし、ここで予想外の出来事が生じる。

「……あら？　人がいなくなったわ」

しほが声を上げた。

その瞬間、龍馬は反射的に足を止めて……すぐにそれが失敗であることに気付いた。

何を言っているのか聞き取ろうとしてしまったのだ。

「っ……！」

「んにゃ？」

おかげでしほに存在を気付かれてしまい、彼は動けなくなった。
サファイアブルーの瞳には、不安そうな龍馬の表情が映っている。
明らかに見られていて、彼は冷や汗をかいた。
「ご、ごめんな。別に話しかけたいわけじゃねぇんだ。すぐに行くから」
と、早口でそう告げて立ち去ろうとする。
そんな彼の足は、再び制止されることになった。
「……竜崎くん？」
久しぶりだった。
最後にしほが龍馬を呼びかけたのは一年以上前のことである。
「お、おう」
辛うじて返事はしたものの、頭は真っ白だった。
しほは幼なじみの女の子である。
ただし、幼い頃から知っているだけの他人でしかない。
そのことを彼はちゃんと理解できるようになっていた。
故に、過去の自分がいかに間違っていたのかも……分かっている。
謝罪したい気持ちがないわけじゃない。

だが、謝ったところで自己満足にしかならない上に、しほはもう過去のことを乗り越えている。今更、蒸し返したところで意味はない。

だからこう思った。

これからはせめて、しほにかかわらないでおこう――と。

それだけを徹底していた……はずなのに。

「みんなはどこに行ったのかしら？」

まさか彼女から話しかけられるとは思わなかった。

しかも、会話が継続している。しほは明らかに、龍馬に問いかけている。

「さっきまで北条さんと浅倉《あさくら》さんはいたと思うけれど」

もう会話をすることはないと思っていたのに……ここは無視する方が失礼な気がした。

「二人ともペンションに行ったな。着替えてくるらしい」

「そうなの？　むぅ……二人の水着、よく似合ってたから残念だわ」

ため息をついて肩をすくめるしほ。

(水着、か)

そのワードを聞いて、龍馬は無意識にしほの着ている服に視線を落としていた。

スケベ心で水着を見た……わけではない。今がその状況じゃないことも分かっているし、なんならしほは水着の上からぶかぶかのシャツを着用している。彼女の水着姿は一度も見ていない。

もちろん、それを残念に思っているわけではなく。

むしろ水着が見られないことに、彼は安堵していた。

（良かったぜ。水着だったら相手が誰だろうとつい見ちまうからな……俺が発情したいのはキラリと結月だけだからな！）

……一応、これが彼なりの誠意だったりする。

自分を好きになってくれた女の了二人に対して、未だにどちらを選ぶのか覚悟が決まっていないヘタレだが、せめてこれ以上は二人の気持ちを裏切りたくなかったのだ。

恐らく、しほの着ているぶかぶかのシャツは幸太郎のものだろう。相手の衣服を身に着けるくらい仲良くしているということだ。

そんなことを考えて、龍馬はなんだか力が抜けた。

（そうか。しほは、中山が守ってくれる……俺が気を遣う必要もねぇな）

過剰に意識しすぎていたかもしれない。

しほに話しかけられても普通に振る舞えばいい。余計なことを気にするよりそっちの方が自然だと、彼はようやく気付いたのだ。

「そういえば中山はどうした？　少し話したいことがあったんだが」

「幸太郎くんならペンションに行ったわ。何か用事かしら」

「いや、大した用事じゃねぇよ。ただ、バーベキューコンロは夜に俺たちが使うから、片付けなくていいって言おうと思って」

「なるほど。それならわたしが伝えておくわ……今からペンションに戻るから」

「いいのか？」

当たり障りのない雑談を交わす。

変な緊張が抜けたおかげで、龍馬も自然体で接することができた。

特別に意識なんてする必要はない。

なぜなら、彼女は赤の他人で……龍馬はあくまで第三者なのだから。

「俺はここにいておくから、伝言は頼んだ」

「ええ。任せて」

そして会話が、終わる。

しほはもう龍馬に背を向けて歩き出している。

（これでいいんだ）

無難にやり過ごせた。

久しぶりの会話だが、何も起きることはなかった。

そのことに彼は安堵していた。

……本当は、彼女を見たくなんてない。

その白銀の髪を見るたびに、龍馬は過去の罪を思い出す。

罪悪感で胸が苦しくなるし、昔のバカな自分に腹が立つし、周囲の人間を傷つけていたことが許せなくなる。

霜月しほは、竜崎龍馬にとって『罪の象徴』になってしまっているのだ。

謝ることはもちろん、忘れることや、乗り越えることさえも許されていない。

だからこそ、背負って生きることを決意した。

許されることなく、嫌われ者のままで、傷つけたという事実に一生後悔することが、自分の『贖罪』なのだ、と。

これからきっと、白銀の色を見るたびに彼は胸をかきむしるだろう。だがそれは当たり前のことだ。

龍馬は加害者で、しほは被害者なのである。彼女を不必要に傷つけた分、相応の傷を負う必要があるのだと彼は考えている。

竜崎龍馬は、そういう人生を歩むことしか許されていない。

――そう思っていた。この日、までは。


「……不思議ね」

不意に、しほが足を止めた。

ギリギリ声が届く距離で、彼女はなぜかこちらに振り向いて……まっすぐ、龍馬を見つめた。

「あなたとこうやって、普通にオシャベリする日が来るなんて思わなかった」

「……っ」

彼女の言葉に、龍馬は息を詰まらせる。

先程まで取り繕っていた表情が、不意の事態が生じたことで崩れかける。

(なんで、いきなりっ)

しほの方から過去を蒸し返すなんて、予想できるわけがない。

だって、龍馬よりも彼女の方が、過去のことは思い出したくないはずだから。

それなのに……しほはちゃんと、向き合っている。

「今日ね、浅倉さんと北条さんと遊ぶあなたを見てたわ。みんな本当に楽しそうで……昔の竜崎くんなら、女の子たちと心から笑い合うことなんてできなかったと思うの」

彼女は過去から目を背けない。

それくらい、しほは『強く』なっている。

だから、龍馬は何も言い返せなかった。

「変わったわ。今のあなたは、昔の『竜崎くん』じゃない」

……いや、言い返せない訳じゃない。

何も、言葉が出てこなかったのだ。

「変わった……のか？　俺は、変われているのか？」

しほの言葉が、あまりにも嬉しかったから。

「俺はちゃんと『普通』になれているのか？」

「……あなたの考える『普通』は、わたしには分からない。でも、昔と違ってあなたの音が怖くなくなっていることは、事実よ」

音。それは、しほがたまに使う、彼女特有の表現だ。

先天的に聴覚に優れている彼女は他者の人間性を音で聞き分ける。

幸太郎と出会う前までは、他人を警戒して耳を澄ませてばかりだった彼女だが……今ではすっかり、他人を警戒しなくなって音を聞き取る機会も減った。

だが、それでもしほには聞こえている。意識しなくなっただけで音は届いている。

だからこそ、龍馬の変化にも彼女は気付けたのだ。

「北条さんと浅倉さんの音も、本当に楽しそうだったわ。今の竜崎くんは、昔の竜崎くんみたいに自分の幸せしか考えられない人間じゃない。他人のことも、ちゃんと考えてあげられる優しい人間だと思う」

彼女の言葉が、龍馬の心にしみた。

まるで血のにじんだ生傷に消毒液をかけた時のような感覚が、胸に広がった。

続いて、目の奥から何かがこみあげてくる。それに耐えながら、龍馬はしほの視線を受け止めた。

「そうなのか？　それなら、良かった。本当に……良かった」

「ええ。良い変化だと思うの……これからはそのままでいて。もうわたしは、あなたと話すこともないと思うわ。だから、わたしのことで後悔しているのなら忘れてね。わたしはもう、全部乗り越えられたもの」

しほは感じ取っていたらしい。

龍馬が、過去の罪を背負っていることを……しほに後ろめたさがあることを察していて、彼女はそれを下ろしていいのだと言っているのだ。

「忘れてもいいのか？　俺は、自分の罪を……償わなくていいのか？」

「昔のあなたがしたことを取り返すより、今のあなたができることを探してね。それが竜崎くんにできる、たった一つだけの『償い』だと思うわ」

しほが、罪を赦《ゆる》してくれた。

忘れることを、許してくれた。

その上で、未来に向かって歩んで……と、そう応援してくれた。

その言葉を、龍馬は強くかみしめた。

「……ありがとう、しほ」

「いいえ。気にしないで……ただ、幸太郎くんならこう言うんだろうなと思って、真似しただけだもの」

「それでもいいよ。むしろ、中山のおかげでそう言ってくれているのなら……その方がありがたい」

それだけ、中山幸太郎という存在がしほにとって大きいということだ。

「お前が中山と出会ってくれて、本当に良かった」

心からそう思った。

彼女が強くなったのは、幸太郎がいてくれたからである。

そのことに強く感謝した。

「ええ。わたしも、そう思うわっ」

幸太郎のことを思い出したからだろうか。

しほは嬉しそうに笑って、それからもう一度龍馬に背を向けた。

「じゃあ、わたしはもう行くわ。バイバイ、竜崎くん」

そのさよならに、龍馬は笑って手を振った。

「うん。ありがとう……しほ」

今まで本当に、ありがとう。

たくさん傷つけたのに、苦しめたのに……彼女は竜崎の罪を軽くしてくれた。

もちろん、過去の行為がなくなったことになるわけじゃない。

だが、強く意識しすぎることで、現在の自分を大切に思ってくれる人を裏切ることはしないと、固く決意したのだ。

「――――」

しほが完全に見えなくなって、ビーチに一人きりとなる。

そこでようやく、彼は我慢することをやめた。

砂浜に膝をついて、そのまま倒れこむように仰向けに寝転んだ。

夕方にもかかわらず、空はまだ青い。

夏の日は長く、感傷に浸るには少し晴れやかすぎる。

だから、この涙は……眩《まぶ》しすぎる太陽のせいだ。

そういうことにしておいて、龍馬はあふれる涙を拭わなかった。

◆

こうして、竜崎龍馬は過去を背負うことをやめた。

かつては傲慢で、独りよがりで、自分の幸せしか考えられない人間だったが……今はもう、他者を思いやれる優しさを持っている。

これからはもう、誰も不幸にすることはないだろう。

自分を好きになってくれた人に対して、誠実に応えられる人間に彼は成長できたのだから。

もう、龍馬は大丈夫。

元ハーレム主人公の終着点は……とても穏やかで、優しい光に満ち溢れていた――。

第六話
『物語』からの卒業

高校に入学するまで、俺はかなりの読書家だった。

数えきれないほどの本を読んできたと思う。

それなのに今はあまり本を読まなくなった。まったく読まないというわけじゃないけど、以前と比べたら雲泥の差である。

もちろん、読書が嫌いになったわけじゃない。時折、時間があるとやっぱり本を手に取っているので、習慣がなくなったわけでもない。

それではどうして読書時間が減ったのかと言うと……単純に、誰かと一緒にいる時間が増えたのだ。

しほが、そばにいる。

彼女と過ごす時間が楽しいせいで、本に割く時間が極端に少なくなったのだろう。

おかげで俺は、物語に依存しなくなった。

だからなのだろう……物語的な思考がいつしか薄れている。

これは一つの成長だと思う。

今だからこそ……俯瞰的に物事を見なくなったことで、過去の俺の思考が不自然だったことに気付く。

もともと、母さんのように感受性が弱かった俺は、本というフィルターを通すことで世界を理解しようとしていたのだ。

あいつは主人公みたいだ。

あの子はヒロインみたいだ。

この子は妹キャラで、その子はギャルキャラで、こっちは世話焼きキャラで……彼女たちが好きになるということは、あいつがラブコメの主人公だからで――。

つまりこの世界はハーレムラブコメなんだ。

そして俺は、あいつを引き立てるだけのモブなんだ。

……そういう視点でしか、現実を理解できなかったのである。

でも、とある一つの現実が俺を物語から引き剥がした。

『なんでメインヒロインがモブを好きになったんだ？』

創作上はあり得ない事象が生じた。

色々と理由付けして、言い訳して、強引に辻褄《つじつま》を合わせようとしてみた。

でも彼女はまっすぐ、純粋に、自分の気持ちを伝え続けた。

その結果、俺はようやく気付いたのだ。

『現実は物語じゃない』

メインヒロインがモブを好きになることだってある。

そして、モブがメインヒロインに恋をすることもあるんだ。

いや、そもそもの話……現実にはメインヒロインもモブもいない。そこにいたのは『霜《しも》月《つき》しほ』と『中山幸太郎《なかやまこうたろう》』なのである。

それに気付いて以降、しほとの関係性も良くなった。

これはモブの……ではなく、中山幸太郎の変化であり、成長なのである。

やっと、現実を物語に当てはめなくても、認識できるようになれたんだ。

だから、ありがとう。

もう俺は……物語に依存しなくても大丈夫だ――。

◆

『自己認識と自己形成』

りーくんが差し出したその本を受け取るかどうか、迷わなかったと言えばウソになるだろう。

「これ、なかなか面白かったわよ。書店で見かけてなんとなく買ったけれど……すごく勉強になったわ。あんたも読む？」

昔だったらすぐに受け取っていたと思う。

日常的に本に触れていたあの頃はジャンルを問わずとにかく読み続けていた。

本を読むことに執着していた理由が、あの頃は分からなかった。

今になって考えてみると……俺にとって本は『現実の教科書』だったからこそ、本を読み続けていたのだろう。

でも、今はもうその必要はない。

物語を通して現実を読むことはやめたのだから。

「いや、なんだか難しそうだからいいよ。もっと簡単な本がいいなぁ……あと、ハッピーエンドで終わるなら最高だね」

「……何かあったかしら。今度家で探しておくわね」

そう言って、りーくんは本をそばに置いた。

現在、俺たちはペンションのリビングにいる。ソファやテーブルなどの家具がそろっているこの場所は広く、とても居心地が良い。

「むにゃむにゃ……うへへぇ。おにーちゃんのざぁこ」

りーくんが座るすぐ横には、惰眠をむさぼる梓《あずさ》がいた。

そういえばさっきから見かけないと思っていたら……ここでお昼寝してたのか。

「ずっと本を読んでたの？」

「ほんの一時間くらいよ。あんたの妹が『ちょっときゅーけー！』って言ってソファに寝転がったと思ったら、一瞬で眠り始めたから……」

なるほど。梓を見守ってくれていたと、そういうことなのだろう。

「ありがとう、りーくん。やっぱり君は優しいよ」

「……べ、別に優しくないわよ。勘違いしないでね？　あたしはただ、本の続きが気になってただけだからっ」

と、分かりやすくツンデレしていた。

あんまり言いすぎると顔を真っ赤にしてムキになると思うので、このあたりで自重しておこう。

「それで？　あんたは何しに来たのよ」

「あ、そうだ。そろそろ十八時になるけど、何時に帰るか聞きたくて」

「……もうそんな時間なのね」

当初の目的を伝えたら、りーくんは壁掛け時計を見て肩をすくめた。

「あまり遅くなるのもイヤだし、さっさと帰宅の準備をして帰るわよ」

「分かった。片付けはどうする？　竜崎《りゅうざき》たちもいるけど」

「気にしなくても大丈夫。うちの使用人がやってくれるわ……北条《ほうじょう》たちが帰ってから綺麗にしてくれるから安心しなさい」

さすがお嬢様である。そっか、メアリーさんたち使用人が仕事としてやってくれるなら……あとは任せておこう。

「じゃあ、着替える前にシャワーを浴びようかな。すぐにすませるよ」

「ゆっくりでいいわよ。急いではないから」

なんだかんだしほと梓と泳いだので、海水で体がベトベトしている。

汗と一緒に軽く流そうと思ってシャワー室に入る。

上半身のラッシュガードを脱いで、それから下の水着を脱ごうとしたら……いきなりドアが開いた。

「ごめんなさい。失礼するわよ？」

男性用のシャワー室に入ってきたのは、ピンク髪のツインテールが似合っている女の子。

胡桃沢《くるみざわ》くるりこと、りーくんだった。

「え!? あ、あの、りーくん?」

たしかに幼い頃は男の子だと思ってたよ?

でも今は君が女の子だとちゃんと分かっている。

「何やってんの?」

慌てて水着をはきなおしてから、りーくんに声をかける。

彼女は俺をジッと見つめていた。

「別に大した用事はないわ。ただ……せっかくだから、見てほしくて」

「見るって、何を?」

言っている意味がよく分からない。

混乱しておろおろしていたら、急にりーくんは……シャツを脱ぎ始めた。

「ちょ、ちょっと!」

止めようと思って声をかけたけど、もう遅い。

勢いよくシャツが脱ぎ捨てられて、綺麗な肌が露《あら》わになる。

もちろんすぐに目をそらそうとした。女性の裸なんて俺には耐えられないと思ったのである……しかし、あまりにも行動が素早くて視線を切る時間すらなかった。

でも、そのおかげでりーくんが裸ではなく『水着』を着用していると気付けたので、結果的には良かったのかもしれない。

「水着、実はずっと着てたのよ。恥ずかしくて隠してたけど……でも、せっかく新しく買ったから、あんただけにでも見せておきたくて」

そう言いながら、彼女はハーフパンツも脱ぎ捨てる。

そして、水着姿のりーくんが現れた。

上下が分かれているセパレートタイプの水着である。色は赤……いや、ルビー色と呼ぶべきだろうか。りーくんの瞳に近い色合いだ。

似合っているか似合っていないかで言うと、間違いなく似合っている。

手足がスラっと長い上に、ウェストも引き締まって綺麗なくびれがある。ただ痩せているわけじゃない健康的な体に見えた。

スレンダーなスタイルなので、人人っぽくもありながら、可憐さも感じられるような水着姿だ。

とはいえ、りーくんのビキニもシンプルなデザインで、しほの水着と形状は似ている。ただし、色以外でかなり違う点も一つだけあって……それが恐らく、りーくんの恥辱心を刺激したのだと思った。

彼女が恥ずかしがっていた理由は、おそらくこれだ。

「面積……小さくない？」

「……やっぱり？」

しほのビキニに比べてかなり際どい。

目のやり場に困るくらいには、大人っぽい雰囲気が醸し出ていた。

「SNSで注目を浴びたいだけのインフルエンサー気取りが着てる水着みたいよね……あの乳メイドに煽《あお》られて、試着もせずに買ってしまった結果がこれよ」

乳メイドって……メアリーさんのことかな？

さすがにその呼び方は可哀想だからやめてあげてと言いたかったけど、セリフに怨念がこもっていたので何も言えなかった。

「誰にも見られないように着たのはいいんだけど、恥ずかしすぎて結局披露できずに時間が過ぎたわ。せめて、あんただけでも見なさい」

りーくんは強がって平静を装っているものの、耳が真っ赤である。やっぱり俺に見せるのも恥ずかしいのだ。

だけど、せっかくだからと覚悟を決めてシャワー室に飛び込んできたのだろう。

その勇気を無駄にしたくないので、俺もちゃんと彼女を見た。

「…………」

　上から下までジックリと見つめる。

「一言でいいのよ。一言、何か頂戴。あんたの感想がほしいのよ……は、早めにお願いね？　こーたろー？」

　りーくんはヤケクソになっているのか、俺に見せつけるように腕を後ろで組んでいる。ただ、俺を『中山』ではなく『こーたろー』と呼んでいるあたり、少なからず緊張しているように感じた。

　こういう時……お世辞とか、心にもないことは言いたくない。

　正直、俺も今の状況には緊張している。ふざけて茶化してしまいたい欲求に駆られるほどには、照れもある。

　でも、そういう『逃げ』は嫌いだ。俺だけに都合がいいような選択肢は排して、しっかりとりーくんを見つめる。

「この水着、どう？」

　その問いに、俺は心からの言葉を送った。

「似合ってるよ。ちょっと、俺には刺激が強いけど……りーくんはスタイルがいいから、すごく魅力的だと思う。なんていうか、造形が綺麗な感じがする」

思ったことを、誤解がないように。

俺の抱いた気持ちを伝えたくて、拙《つたな》いながらに精一杯の思いを言葉にした。

その真剣な思いを、りーくんはちゃんと受け取ってくれたらしい。

「――十分よ。いえ、十分すぎるわ……ふふっ♪　こーたろー、ありがとう。その言葉で、あたしの今日という一日が報われる」

今度はツンデレになることなく、純粋に喜んでくれた。

「『造形が綺麗』なんてっ。まったく、こーたろーはしょうがないんだから……！」

喜びのあまり唇がもにょもにょと緩んでいる。

普段、大人っぽくすました顔ばかり見せるりーくんにしてはあどけない表情だ。珍しい一面に俺も頬が緩んだ。

「ごめん。もっとうまいことが言えたら良かったんだけど」

「別に謝る必要はないわよ。綺麗な言葉で飾らなくても、過剰な表現で誇張しなくても、大丈夫。むしろ、素朴で簡潔な感想の方がこーたろーらしいもの」

彼女はどうやら満足したようだ。

機嫌が良さそうにニコニコと笑いながら再びシャツとハーフパンツを着用している。もうお披露目は終わりのようだ。

うーん。さっきまでは見るのも恥ずかしかったけど、いざ隠されるとなったらそれはそれで名残惜しく感じるから不思議なものだった。

さっきの光景はちゃんと記憶に残しておこう。忘れるのがもったいない。

それくらい、りーくんの水着姿は魅力的だったのである。

「ねぇ、こーたろー？　今日は楽しかった？」

そして、彼女がシャワー室から出ていく寸前。

去り際にかけられた問いかけには、もちろん迷うことなく返答できた。

「すごく楽しかったよ。素敵な思い出がたくさんできた。りーくんは？」

「あたしもすごく楽しかった……また来ましょうね」

うん、また来よう。

来年は受験で忙しいから分からないけど、大学生になってもみんなで来たい。

いや、大人になっても……こうやってまた笑い合いたいと、そう思う。

それくらい、今日は楽しかったのだから――。

◆

シャワーを浴び終える頃には、いつの間にかみんながペンションに集まっていた。

竜崎以外……いや、メアリーさんもいないか。それ以外のメンバーはみんないた。

キラリ、結月《ゆづき》、それから寝起きの梓と、もう私服に着替えてしまっているりーくんと……少し遅れて、しほも到着した。

「あ、幸太郎くんっ。あのね、バーベキューのコンロなんだけど――」

「え？　なるほど……竜崎がそう言ってたのか。了解、分かったよ」

まさかしほからあいつの伝言を聞くとは思ってなかったけど、もう過去のことは気にしていないということだろう。

因縁はついに切れたのかな。二人がちょうどいい距離感にいられているのなら、それは何よりだと思った。

「それじゃあ、幸太郎くんっ。わたしもシャワーを浴びてくるから、ちょっと待っててね？」

「分かった。待ってるよ」

「……一緒に入る？」

「残念、もう入り終わったから」

「うふふっ。それなら仕方ないわね」

と、機嫌が良さそうなしほはシャワー室に入っていった。

海に入っていないりーくん以外はシャワーを浴びるようである。なので、もう少しだけ待機時間だ。

ひとまずリビングのソファに座っていたら、周辺をうろうろと歩き回っていたりーくんが声をかけてきた。

「中山……時間があるなら、うちのあれを捜すのを手伝ってもらっていい？　休んでいるところ悪いけど、あれがいないとちょっと色々と困るのよ」

もう『中山』と呼んでいるので、普段のテンションに戻っている。

そろそろ帰宅時間なのでクールダウンしたようだ。

「あれって……まぁいいや。うん、分かった」

相変わらず扱いが雑だけど、メアリーさんはそれくらい色々とやらかしているので仕方ないのかもしれない、自業自得である。

と、いうわけでりーくんと手分けしてメアリーさんを捜すことになった。

りーくんは駐車場付近を確認してくるらしいので、俺はビーチの方に向かってみることに。

すると、竜崎が一人でバーベキューの火を起こしているのを見つけた。

「ん？　中山じゃねぇか。どうした？」

「えっと……このあたりで金髪のメイドさんを見なかった？」

たしか、メアリーさんが来ていることを竜崎は知らなかったような？

見たらたぶん気付くと思うけど、彼女の名を呼ぶと状況を説明しなければならないだろう。それは少し手間なので、名前はあえて伏せておいた。

もし、ビーチに金髪のメイドさんがいたら気付くはず。

「何言ってんだよ。海にそんな奴いねぇよ」

たしかに不可思議な存在ではあるけれど、実在するのが厄介である。

「そういえば、バーベキューコンロなんだが……」

「しほから伝言は聞いてるよ。それなんだけど――」

とかなんとか、備品を使ってもいいのかと聞かれたので、大丈夫だよと手早く伝えておいた。先程、りーくんがそう言っていたので問題はないだろう。

数分くらいだろうか。竜崎との会話を終えて、俺はメアリーさん捜しを継続することに。

波打ち際を少し離れた場所まで進んでみる。

しばらくすると日も沈んできて、視界も悪くなってきた。遠くに見えていた竜崎の姿もやがて消えて……そんな絶妙な距離に身を潜めているから、やっぱり彼女は不気味である。

「やぁ。ようやく来たか、コウタロウ」

まるで、俺が来るのを知っていたかのように。

昼間に会ったときは星条旗柄の水着を着ていたけど、今はメイド服に戻っていた。もうすっかりこの姿も見慣れた気がする。

「メアリーさん、そろそろ帰る時間だよ。りーくんが呼んでたから一緒に戻ろう」

何か切り出してきそうな雰囲気は察していたけど、あえて本題から先に伝えてみた。もしかしたらそれは気のせいであるかもしれないと期待したのである。

まぁ、そんな楽観的な考えは彼女に通用しないわけで。

「にひひっ。コウタロウ、何を言ってるんだい？　お楽しみはここからだろう……まだ帰るには早すぎるし、物足りなすぎる」

昼間のポンコツメイドキャラはどこへやら。

不敵に笑うメアリーさんは、かつてのように不気味で異様だった。

……今はそのモードになっているのか。話し合いは難航しそうである。

「さて、ここから『物語』をどう動かそうか？　かつてのライバルであるリョウマもいるし、強ヒロインになりえるクルリもいるね。彼らの恋心を再燃させてギスギスさせるのも悪くないねぇ。もしくは、サブヒロインたちを再び突《つつ》こうか？　彼女たちを利用したら物語を更に盛り上げることもできるはずだ」

メアリーさん特有のメタ的発言。

現実を物語のように見立てて認識しているのは、俺だけじゃなかった。

彼女もまた、かつての俺と似た視点を持つ同類である。

「テコ入れが必要なんだ。残念ながら、コウタロウとシホのラブコメはゴールテープを切ってしまっている。二人が恋人になってしまっている以上、これ以上の波瀾を起こすのは難しい……でも、できなくもない。純愛と呼ぶにはドロドロになるけれどね。いわゆる大人のラブコメに、今度は展開させていこうじゃないか」

「……その口ぶりだと、やっぱり竜崎たちが来たのはメアリーさんのせいってこと？」

「もちろんその通りに決まってるじゃないか。使用人という立場を利用して彼らを呼び込んだんだよ。まんまと来てくれたリョウマたちの浅はかさに感謝だね」

今回も裏で手回しをしていたのだろう。

メアリーさんは今も『物語』をかき回したいようだ。

「リョウマたちはペンションに一泊するらしい。ふむ、それならコウタロウたちも泊まっていいんじゃないかな？　送迎の車を故障させるか、適当な理由をつけて運転手を帰らせるか……使用人であるワタシの権限を使えば可能だね。よしよし、面白くなってきたじゃないか！　ここからまた、物語は加速していくっ」

熱っぽい口調で、聞いてもいないのに語り続けるメアリーさん。

それに対して、俺は変に冷静だった。

（前までの俺なら、もっと慌ててたのかな）

物語に依存していた頃であれば、彼女の計略に怯《おび》えていたかもしれない。

彼女を『万能なチートキャラ』と思い込んでいた時期であれば、そうなっていただろう。

でも、今は違う。

もう物語に依存していない俺には、ちゃんと見えている。

メアリーさん……君がただの『天才肌な飽き性』であることも、気付いているよ。

器用だから基本的にできないことはない。でも、なんでもすぐにできてしまうからこそ飽きっぽく、集中力も持続しない。

もっと言うと、君は大胆な行動力も持ち合わせているため、大抵のことは成し遂げられる胆力を持っている。その一方で、大味だから計画に穴が目立つ。

完璧なようで抜けている部分も多い。それがメアリーさんなのである。

だから……物語のせいじゃないんだよ。

君の成功と失敗は、ラブコメの神様の裁量ではない。

メアリーさん自身の責任なのだ。

そのことをちゃんと理解できているから……今回はもう、惑わされなかった。


「現実は物語なんかじゃないよ」


静かにそう告げた。

なおも物語について熱く語る彼女に、冷や水を浴びせるように……優しく、それでいて落ち着いた声で、事実を伝える。

でも、メアリーさんは何を言われているのか分からないと言わんばかりに、首をかしげていた。

「……コウタロウ？」

目を点にして、彼女はジッと俺を見つめている。

驚きと……それから、戸惑いの色が表情に見え隠れしていた。

「何を……言ってるんだい？」

彼女にとっては想定外の言葉だったのだろうか。

驚きのあまり声が震えていた。

「あっ。そうか、そういう『セリフ』かな？　ふむ、ワタシがキミを論破することによって、改めて『現実が物語である』ことを強調したいと、そういうことか。いやいや、すまないね。そこまで読めてなかっ――」

「――違う。セリフなんかじゃない。これは俺の言葉だよ、メアリーさん？」

即座に否定した。

そうしなければ、メアリーさんが『そういうことにする』ことで俺の言葉をうやむやにすると思ったから、阻止したのである。

「現実は物語なんかじゃないんだ。プロットもなければ、ご都合主義もない……すべてただの『現実』なんだよ。イベントとか、お約束とか、テンプレとか、シナリオとか、そんなものは存在しない。ただ、俺たちがそういう風に認識していただけなんだ」

視点が変われば、世界が変わる。

中山幸太郎が一人称で見ていた世界は、たしかに物語的だった。

でもそれは、俺がそういう色眼鏡で見ていただけに過ぎない。

他人が見れば……現実的に見ている人間の視点であれば、この世界はやっぱり『現実』なのである。

しほがずっとそうだった。

彼女は自分をメインヒロインだと思ってないし、俺をモブだと認識していない。

あくまで『霜月しほ』として『中山幸太郎』に接していた。

だというのに俺は、モブとしてメインヒロインに接していて……だからすれ違っていて、なかなか付き合えなかったのである。

その認識を修正して以降、彼女との距離はグッと近づいた。

「君が何も起こさなければ、何も起きない……イベントなんて不要だよ。メアリーさん、大人しくしてくれ。現実は、物語になんてできないんだから」

そこまで言い切った瞬間だった。


「――言うな」


か細い声が、聞こえた。

今まで聞いたことないような、メアリーさんの弱々しい声だった。

「言わないで」

彼女の手が、俺の肩を握った。

その碧色の瞳は、いつもと違って……大きく揺れていた。

「そんなことを、言わないでくれっ」

何度も何度も首を横に振る。

イヤだと駄々をこねる子供のように、彼女は一生懸命に否定する。

「現実は、物語にできるんだ」

いつもなら強気の口調で、そう断言していただろう。

でも今は……見ていて痛々しくなるほどに、寂しそうな口調だった。

「ほ、ほらっ。リョウマはハーレム主人公だっ。大した特徴もないのに、色んな女の子に好かれる才能があるじゃないか」

「……あいつは異性に愛される才能を持ってるだけだよ。ハーレム主人公だから好かれていたわけじゃない。竜崎が魅力的なだけだ」

「じゃ、じゃあシホは？　メインヒロインだから、彼女は全てが許されてきたっ。口数が少なくても、大人しくても、何もしなくても、誰かがやってくれる。誰よりも愛されるメインヒロインだから、彼女はポンコツなのに生きてこられただろう？」

「それもしほの性質だよ。両親に愛されて育ってきた彼女は、心を許した相手に全力で甘えられる。だからみんな、つい余計に甘やかしてしまうんだ……メインヒロインだから愛されているわけじゃない。竜崎と同様、しほに魅力があるからみんなに愛されるんだ」

「だったらコウタロウは？　モブみたいに退屈な人生を送ってきたのは、キミがモブだからだろう？　そういう結論に至ったじゃないかっ」

「……違うよ。俺はモブだから、退屈だったわけじゃない。俺が退屈だと思い込んでいたから、そうなっていたんだ……あの頃は自分をモブと思い込むことでしか、自分を守れなかった。俺が、弱い人間だっただけだよ」

物語的に理由付けしていた事象には全て、現実的な原因があるわけで。

ひねくれずにまっすぐ考えたら単純な理由に帰結する。

それなのに、俺とメアリーさんは難しく……いや、自分に都合がいいように認識して、物語に当てはめていただけなのだ。

「――――」

メアリーさんは言葉を失っていた。

一つ一つ否定するたびに、彼女は表情から色をなくしていった。

どんな時でも不敵で、不気味で、弱った表情なんて見せなかったのに。

今は泣きそうな顔をしていた。

俺の肩を掴む手も震えていて、まるで縋り付いているようにも見えてしまった。

それくらい彼女は、ショックを受けているのだろう。

「……イヤだ」

いつものように論破してくれればまだ、何も思わなかったかもしれない。

「気付かないでほしかった。コウタロウだけには、分かってほしかった。ワタシの理解者で、いてほしかった……っ」

でも、今はとても寂しそうで、悲しそうで……胸がチクリと、痛んだ。

「分かってるよ。現実が物語なんかじゃないって、そんなこと言われなくても知っている。でも、そうであってほしい。ワタシは、現実が物語みたいに面白くなってくれるって……そう、願ってる」

やっぱり、聡明な彼女は気付いていたのだろう。

でも、現実が『現実』であることを彼女は許容できなかったんだ。

「なんで気付くんだっ。気付くなよ……知らないふりをしてくれよ！　コウタロウだけは、ワタシのことを否定しないでっ」

……罪悪感がないと言えば、ウソになる。

まるで、サンタさんの存在を信じる子供に、サンタさんがいないと言ってしまったかのような後ろめたさが、胸に渦巻いている。

反射的に慰めたくなった。

だけどそれは、優しさなんかじゃない。

俺が楽になるために、心にもないことを言うのは筋が通らない。

だから、これは俺が背負うべき罪だ。

メアリーさんを傷つけてでも、俺は守りたい未来があるから。

「……もっと、出会うのが早ければっ。シホよりもワタシが、キミと早く出会えていたなら――コウタロウの理解者になれたのは、ワタシだったのに！」

声が、荒くなる。

メアリーさんの手が、今度は俺の肩を強く握っていた。

「そうだったなら、キミは気付くことなく……ワタシの『主人公』でいてくれたのかな」

その問いかけに、俺は何も答えられなかった。

いや、答えてはいけないんだ。

そんな未来は存在しない。

たらればの話をしたところで、彼女は救われない。

ここで肯定してあげたら、今だけでもメアリーさんの気持ちが軽くなるかもしれない。

でもそんなのはただの一時しのぎだ。

俺はメアリーさんの理解者になれない。

だから、彼女の敵でいる。それが俺の選んだ『現実』だ。

「ごめんね」

傷つけてごめん。

味方でいてあげられなくてごめん。

理解者でいてあげられなくて……ごめん。

「……モブと思い込むキミを否定するシホ。モブであることを肯定したワタシ。出会った順番が逆なら、キミはモブであることを受け入れた人生を歩めただろうね。何か物足りない気持ちを抱きながらも、ワタシがそれを満たしてあげることができたかもしれない。そういう人生も、幸せだったと思うよ。そうであってもおかしくなかったと、思うんだ」

うん。俺もそう思う。

メアリーさんのことは、なんだかんだ嫌いじゃない。

むしろ、俺の思考を理解してくれる君は……しほとはまた違う意味で、居心地の良い存在だったから。

「でも、今のキミは嫌いだ」

現実が物語じゃないと気付いた俺を、メアリーさんは拒絶する。

弱々しい目で俺を睨《にら》んで、必死に抵抗していた。

「出会った頃のコウタロウが好きだった。自分を否定して、すべてを諦めていて、何事も他人事で……俯瞰的に現実を見ているキミのことを、気に入っていた。キミとなら、最高の『物語』が作れるかもしれないってワクワクした」

恐らく、俺の人生において……中山幸太郎に期待してくれたのは、二人しかいない。

一人はもちろん、霜月しほ。

そしてもう一人は……メアリーさんなのだと思う。

「もっともっと、やりたいことがあるんだ。キミとなら最高の物語ができるはずなんだっ。もっと読ませてほしい。もっと楽しませてほしい。まだまだ物足りないのに、どうして……！」

彼女はずっと俺を肯定してくれていた。

モブのままでいても、彼女はそれがいいんだって受け入れてくれていた。

でも、俺があの頃の『中山幸太郎』を嫌いだったから……どうしても、彼女の考えには賛同できなくて。

結局、その齟齬《そご》が『今』に繋がったのだと思う。

「――もう、終わり？」

そして彼女は、俺の肩から手を離した。

言いたいことは全て言い切ったのだろう……もう、言葉に力はない。

切なそうな声が響いて、しかし波の音ですぐにかき消された。

「物語は、終わったということ？」

だけど、聞こえなかったことにはさせない。

そう言わんばかりに彼女はもう一度問う。

これは、メアリーさんなりの最後の意地だったのかもしれない。


『それでいいんだよね？』


まるでそう言っているかのようにも見えた。

もしここで、終わりじゃないと言ったなら……またメアリーさんが色々と仕掛けて、何かしらの事件が起こったりするのだろう。

そのきっかけによって、しほやその周辺の人物との人間関係に変化が生じて、それが物語のような出来事に展開していくかもしれない。

でも、俺たちの人生に『山場』も『谷間』も必要ないのだ。

ずっと平坦で幸せならそれでいい。

物語的には退屈かもしれない。
でも、何も起きない方が現実的には好ましいのである。
「……ごめんね」
もう一度、謝った。
これでいいんだよって、伝えた。
そうすると、メアリーさんは……泣きそうな顔で、笑った。
「分かった」
ただ、それだけを口にする。
そして彼女は俺に背を向けて、歩き出した。
もう物語は終わったんだと、そう告げるように。
（…………っ）
寂しくないわけじゃない。
メアリーさんの気持ちに共感すると、胸がいっぱいになってしまう。
彼女に何か言いそうになって、しかし言葉は出てこなかった。
同情や慰めなんてメアリーさんは求めていない。
俺は彼女を選ばなかった。

物語ではなく、現実を見ることにした。

しほの幸せを一番に考えるという決断をした。

だから……メアリーさんを傷つけることしか、俺にはできなかったのである——。

◆

無理をしてでも平気なふりをするべきなのは分かっていた。

でも、どうしてもメアリーさんのことが頭から離れなくて、いつも通りの状態ではなかった気がする。

「…………」

帰りの車でも俺は終始無言で暗かった。

その自覚もあるし、気を遣ってしほやりーくんがそっとしておいてくれていることも、なんとなく察している。

おかげで車の中はとても静かだ。出発時はうるさいくらいに賑《にぎ》やかだったので物寂しさを感じるくらいに。

まぁ、静かになった一番の原因はぐっすりと眠っている梓だと思うけど。

「むにゃむにゃ……おにーちゃんのばぁか」

いったいどんな夢を見ているのか。

視線を上げて梓を見てみると、数十分前と変わらずりーくんの膝枕でぐっすり寝ていた。

ペンションでも寝ていたけど……やっぱり海水浴は疲れたのかな。

いっぱい遊んで、いっぱい遊んで、いっぱい眠る。

子供らしい彼女の振る舞いはとても微笑《ほほえ》ましかった。俺が落ち込んでいるのに空気が悪くならないのは、きっと梓のおかげだ。

もちろん、色々と察して何も言わないでくれているしほとりーくんの優しさのおかげでもある。申し訳ないけど、今は甘えさせてもらおう。

まだ心の整理ができない。

メアリーさんを傷つけたことを引きずっている。

気持ちに区切りがつけられなくてもやもやしていた……そんな時だった。

「……花火！」

しほが突然、大きな声を上げた。

びっくりして顔を上げると、しほが窓の外を指さしていた。

「花火の音が聞こえるわっ」

「本当に？　あたしには聞こえないけど」

「たぶんどこかでお祭りとかやってると思うのっ」

「そうなの？　ちょっと待ってて……窓を開けるから」

胡桃沢家が所有するリムジンはスモークガラスになっていて外の景色が見えづらい。花火を確認するために窓を開けると、すかさずしほが首を出した。

俺のいる位置からはまだ外が見えない。

でも、しほのリアクションで状況はだいたい把握できた。

「あ、やっぱり！　あっちの方でたくさんあがってるわっ」

しほの聴覚は常人よりも優れている。

彼女が聞いた花火の音は本物だったようだ。

「わぁ……花火、綺麗に見えてる！」

「そんなに？　じゃあ車を止めて外で見る？」

「いいの!?　ありがとう、ちょっとだけ見たいわ」

しほのキラキラとした目を見てりーくんは優しく微笑んだ。

それから意味ありげな視線を俺にも向けてきて、彼女はこう言った。

「あと、気分転換が必要そうな人もいるし……ね？」

俺のことも考えて車を止めることにしたのか。

相変わらずお姉さん気質というか……俺のことを思いやってくれていた。

「霜月のお守りは任せたわよ。あたしはこのぐーたら梓を見てるから」

「うん……ごめん、ありがとう」

「気にしないで。あんたがそういう顔をしてるのがイヤなだけだから、霜月に元気をもらってきなさい？」

仕方ないと言わんばかりにため息をつくりーくんに背中を押されて、車から外に出た。

ここは……河川敷かな？

暗いので川の様子は見えないけど、建物も街灯も少ないおかげで視界の見通しは良い。

「幸太郎くん、あっちよ！　すごいわっ」

促されて空を見上げたら、斜め前方で大量の花火が打ちあがっているのが見えた。

「うん……すごいね」

花が咲くように次々と火花が炸裂するその光景に目を奪われた。

遠くから見てもこう感じるのだ。近くから見たらきっと圧倒されるだろう。

「ねぇ、今度は一緒にお祭りに行きましょう？　真下から花火が見たいわっ」

どうやらしほも同じことを考えていたらしい。

もちろんと無言で頷《うなず》いたら、彼女はにっこりと笑って俺の手を握った。

クーラーの利いた車内と違って外の気温は生ぬるい。日が沈んで多少マシになったとはいえ夏の夜は蒸し暑かった。

そのせいで握られた掌《てのひら》から汗がにじんだ。一瞬、手を離そうかと考えたけど、しほは花火に夢中で何も気にしている様子がない。

むしろより強く、俺の手を握ってくる。

一人じゃないんだと感じて、胸の苦しさが少しだけ軽くなった。

「…………」

しばらく無言で花火を眺める。

外に出たおかげで花火の音も微かに聞こえた。

静かに耳を傾けていたら……急にしほが、俺の頭に手を置いた。

手をつないでいない逆の手で、彼女は撫でるように俺の髪の毛をくしゃくしゃにする。

意図が分からなくて困惑していたら、しほは小さな声で囁《ささや》いた。

「――あなたは何も悪くないわ」

唐突な肯定の言葉は、もしかしたら今一番欲していたものだったのかもしれない。

不意に心臓が大きく跳ねて、目頭が熱くなった。

「何があったかは分かんないし、言いたくないなら聞くつもりもないの……でも、これだけは言わせて。わたしは何があっても幸太郎くんの味方だし、どんなことが起きても見捨てないし、あなたのそばにいるし、絶対に否定しない」

出会った時からずっとそうだった。

しほはいつだって『中山幸太郎』を受け入れてくれる。

時にはモブや敵キャラのように振る舞っても『それは俺らしくない』と否定して俺を中山幸太郎に戻してくれた。

今もそうだ。

俺が、俺らしくいられる選択が正しかったのだと、そう言ってくれていた。

「落ち込むのに疲れたら次はわたしがたくさん笑わせてあげるから安心してね？　この前、漫才の大会を見たからお笑いには自信があるわっ」

まぁ、少し自信過剰な一面は見られるものの、そこもしほの魅力だ。

いや、でも……しほには違う意味でたくさん笑わせてもらっているから、あながち的外れでもないのかな？

笑わそうとしているというか、しほの隣にいたら微笑ましくて頬が緩むと表現した方が適切な気もするけど。

「…………っ」

何か返答しようとして、だけど言葉に詰まって何も言うことはできなくて。

自分が思っている以上に、どうやら俺はしほの言葉に救われているらしい。

油断すると泣きそうだった。

メアリーさんを傷つけた罪悪感は、この先もずっと忘れられないだろう。

この件に限らず、俺はこの先ふとした拍子に落ち込んだり悩んだりすると思う。そういう性格の人間だから仕方ない。

一定のペースでずっと走り続けられるほど体力のある人間じゃないから。

途中で立ち止まったり、座り込んだりすることだってある。

だけど、そのたびにしほは俺を待ってくれるだろう。

何も言わずに、一緒に休んでくれる……その優しさに救われていたのだ。

「ありがとう」

なんとか声を絞り出して感謝を伝える。

それが俺の限界だった。これ以上何かを言うと泣きそうだったのである。

たぶん、しほはそれを理解していると思う。

だからこそ彼女は何も言わずに、そばで手を握り続けてくれた。

「「…………」」

それからまた、しばらく花火を眺め続けた。

真っ暗な夜空を彩る火花は、さっきよりも鮮やかに見えた——。


こうして俺は『中山幸太郎』としての人生を歩む選択をした。

その代償に、モブとしてのキャラクター性と、メタ的な視点を手放した。

メアリーさん……ごめんね。

もう、物語には依存しない。

俺が見て、進むべき道は『現実』なんだ。

微《かす》かな切なさと寂しさを伴うエンディングは……好みじゃないけれど。

それもまた現実として受け入れて、背負っていこう。

ここでようやく、霜月さんとモブの『物語』は終わりを迎えた。

そして次は、しほと幸太郎の『人生』が始まる――。

エピローグ　ハッピーエンド

海水浴から帰ってきて数日が経過した。

今日は八月十五日。時刻は夜の十一時半である。

そろそろ日付が変わろうとしているにもかかわらず……俺の部屋には、彼女がいた。

「お泊まり会の定番と言えば……枕投げね！　いくわよ、幸太郎《こうたろう》くん。やー！」

透明感のある白銀の髪を振り乱して、空色の瞳に静かな闘志を燃やしている少女——霜《しも》月《つき》しほが、枕を投げる。

部屋に一個しかない枕は、勢いの割りには山なりの軌道で俺の胸にあたって、ぽとりと落ちた。

「へいへーい！　かかってこーいっ」

興奮しているのか、彼女の白い肌がほのかに紅く染まっている。もうお風呂に入ってパジャマに着替えているというのに少し汗ばんでいたので、なんだか心配になった。

「今から暴れて汗をかいたら体が冷えるから、やめておこう」

「えー!?　この荒れた気持ちはどこにぶつけたらいいの？」

「胸に秘めておいて。いつか解放するときが来るんじゃないかな」

苦笑しながら、枕をベッドに戻す。しかしすかさずしほがそれを奪いとって胸に抱いてしまったので意味はなかった。

「梓《あずさ》も寝てるし、うるさくするのはやめておこうか」

「むぅ……仕方ないわね」

投げるつもりはもうないのだろう。俺の枕を抱きしめるだけで、何もやってこない。

落ち着いている……わけではないかもしれないけど、ひとまずベッドに座ってくれたので、その隣に腰を下ろした。

「……枕投げをしないのなら、ちょっと緊張しちゃうわ。だって、二人きりのお泊まり会なんて初めてだもの」

うん、分かってるよ。

しほがさっきから浮ついているのは、そういう理由があるからだ。

「テンションでごまかそうと思ったのに」

「あはは。しほって意外とへたれだよね？　俺と付き合うのも先延ばしにしてたし」

「そ、それは……ちょっとだけだもんっ」

少しへたれている自覚はあるんだ。

もちろん、それが悪いというわけじゃない。内弁慶で俺や梓に対しては強気なのに、肝心な時にへたれるところも、しほの魅力である。

……やっぱり普段通りとはいかないか。

俺も少しドキドキしているのでお互い様とはいえ、緊張させたいわけじゃない。

お互いに落ち着くためにも、軽く雑談をすることにした。

「さつきさんのケーキ、美味しかったね」

話題は、先ほど食べたさつきさんの手作りケーキについて。

実は夕方まで梓と一緒にしほの家にお邪魔していた。

なぜなら、今日がしほの誕生日だったのである。

「……ええ、そうね。ごはんも美味しかったわっ。わたしの大好きなメニューばっかりだったもの」

誕生日会ということで、食事も豪華だった。

食い意地の張っているしほと梓は争うように食べていたなぁ。おかげで梓は食べすぎたらしく、家に帰るとすぐに苦しいと言って部屋に戻った。さっき覗いてみたら寝息を立てていたので、恐らく血糖値が上がって睡魔に襲われたのだと思う。

ああいう生活をしていたら不健康だけど……まぁ、たまにはいいのかな？

本当に楽しい誕生日会だった。

しほもそれを思い出したのか、緊張で強張《こわば》っていたほっぺたが少し緩んだ。

「幸太郎くんからのプレゼントも、本当に嬉しかったわ。ありがとう」

「いえいえ。喜んでもらえて何よりだよ」

「あなたからのプレゼントだもの。どんな物でも嬉しくないわけないけれど……大好きなウマ娘ちゃんのぬいぐるみがもらえて倍以上にハッピーだわ♪」

しほがハマっているアプリゲームのキャラクターはちゃんと把握していた。よく画面を見せられていたので、事前に秋葉原《あきはばら》まで行って買ったのである。

しほも気に入ってくれたみたいだ。俺の部屋に泊まることが決まっても、中山《なかやま》家に持ってこようとしていたくらいである。

サイズが大きいのでさつきさんに止められていたけど。

「大切にするわね。これから毎晩一緒に眠るの」

「意外と大きいけどスペースが狭くならない？」

「大丈夫っ。むしろわたしは、枕とかぬいぐるみを抱きしめてないと眠れないの。ベッドが広いと落ち着かないし、ぬいぐるみはたくさんあった方がいいわ」

……そんな会話が、しばらく続いた。

初めて俺の部屋に彼女を泊めるので緊張はあったけど、やっぱりオシャベリしていると少しずつ気持ちが落ち着いた。

出会ってから、もう一年以上が経過している。

彼女の声を聞いているだけで安らぐ程度には……近しい関係になれていたのだろう。

そうこうしているうちに、深夜零時になった。

八月十五日……つまりしほの誕生日が終わる。

そして八月十六日となって——


「ハッピーバースデー、幸太郎くん！」


——今度は俺の誕生日を迎えた。

そうなのだ。実は俺としほの誕生日は一日違いなのである。

だから急遽お泊まり会をすることになって、しほが俺の家にやってきたのである。

「どうしても、誰よりも早く幸太郎くんに『おめでとう』って言いたかったの。彼女としてそれは絶対に譲れないわっ。あずにゃんよりも先に言えて良かった♪」

どうやらそういうことらしい。

相変わらずちょっとだけ重たい彼女の愛。ただ、今となっては心地好《よ》い重量である。

「ありがとう。これでまた同い年だよ」

「……幸太郎くんのおねーさんでいられるのが一日だけというのは、ちょっとだけ不満だけれどっ」

そう言いながら、彼女はいきなり立ち上がって……ポケットから封筒を取り出した。

「誕生日プレゼント、受け取ってくれる？」

「いいの？　嬉しいなぁ……何が入ってるのかな」

まさか封筒を渡されるとは思っていなかった。

何が入っているのだろうとワクワクして開封してみる。

『婚姻届』

文字を見て、すぐにそれを封筒に戻した。

もちろん、イヤなわけじゃない。しかしこのタイミングで渡すってことは冗談のつもりだろうか……いや、でもしほなら本気の可能性が捨てきれない。

かなりリアクションが難しかった。

「……しほ？」

婚姻届

「え？　こ、幸太郎くん？　冗談だから笑っていいのよ？　そんな困った顔をされたら逆に困るわっ」

「あ、そういうことか！　もちろん冗談に決まってるよね……あ、あははー」

さすがのしほも時と場合はちゃんと考慮できるらしい。

良かった。プロポーズはもっと、二人の思い出になるようなイベントにしたい。

あと、まだ付き合って間もないから……今は恋人という関係を楽しみたい。その先の関係は、また次の段階になってから意識したいというのが本音だった。

しほと過ごす時間はたくさんあるのだ。

焦る必要なんてないから、ゆっくりと足並みをそろえたい。

「笑えなかったかしら？　わ、わたしってこういうことを本気でするように見えるの？」

「いやいや。まぁ……可能性は捨てきれないと思っちゃって」

「さすがにタイミングくらい考えるわ！　まったく……ママが予備で持っていた婚姻届をもらっただけで、ちょっとした遊び心だったのよ？」

そういうことなら良かった。

それにしても、婚姻届なんて初めて見た。もう一度封筒から取り出してみると、しほの記入欄が全て埋められているのが非常に気になった。

ちゃんと持ち帰ってくれるのかなぁ？

「誕生日プレゼントはこっちが本命よ。はい、どうぞ」

そう言って、しほは二枚目の封筒を差し出してくる。

ポケットにずっと入れていたせいか、少しだけしわのついた封筒を開けてみると……中から『しおり』が出てきた。

金属製で棒状のしおりで、先端には霜の結晶が象《かたど》られている。アクセサリーみたいで、かなりオシャレだった。

「素敵でしょう？　幸太郎くんのプレゼントを探してた時に偶然見つけたのっ。幸太郎くん、本をたくさん読むから使うかと思って」

「おお……意外とセンスがいいから驚いてる」

「意外とってなに？　わたしはとてもセンスがいいのに……妥当だもん！」

ほっぺたを膨らませる彼女が愛らしくて、なんとなく指先でつっついてみた。

ぷしゅーと空気が抜けるようにほっぺたも萎《しぼ》んで、まるでふぐみたいだなと思って、また笑ってしまった。

彼女の隣にいると、本当に笑顔が増える。

昔の俺はまったく笑わない人間だったけれど……今は笑っている時間の方が多い気がし

た。

　それくらい、しほには幸せをもらっているのだ。

「嬉しいよ。ありがとう……大切にする」

「ええ。これをわたしだと思って持ち歩いてね？　あと、その婚姻届もついでだからあげるわ」

「……や、やったー」

　やっぱり俺が保管するんだ。

　仕方ないので、大切にしまっておこう。

　もしかしたら数年後、これを役所に提出するかもしれない。

「ふわぁ……そろそろ眠たくなってきたわ」

　おめでとうと言えた上に、誕生日プレゼントを渡したことでしほは気が抜けたのかもしれない。大きなあくびをこぼしていた。

「そろそろ眠ろうか。ちょっと待ってね、電気を消すから」

　しほからもらった婚姻届としおりを鍵付きの引き出しにしまってから、部屋の電気を消した。

「幸太郎くん、早くきて？　真っ暗なのは苦手だわ」

「はいはい、すぐに行くよ」

暗くても自分の部屋なのでベッドの位置は把握している。電気のスイッチを切ってからすぐに戻って、ベッドの隅に腰を下ろした。

「——捕まえたっ」

すると、しほが俺の腕をつかんで引っ張った。

「おっと」

姿勢が崩れてベッドに倒れこんでしまう。

その隙を逃さず、先に寝ていたしほが俺に抱き着いてきた。

「今日の抱き枕は極上ね」

「抱き枕にしてはドキドキがうるさいかもしれないけど大丈夫？」

「お互い様だから関係ないわ。どうせうるさいなら、あなたの音を聞いていたい」

そう言われては何も言えなかった。

クーラーの温度……もう少し下げても良かったのかもしれない。しほが寒がりだからいつもより設定温度が高く、そのおかげでちょっとだけ暑い。

でも、離れる気にはなれなくて、むしろ俺の方からも彼女を抱きしめた。

柔らかい感触だった。しほ特有の甘い匂いと温かい体温が鼓動を速くする。

友達のままだったらこんなことできなかった。

同じベッドで寝て、抱きしめ合うなんて有り得なかっただろう。

満たされていた。こんなに近い距離でしほを感じられて、胸がいっぱいである。

「ぎゅーっ」

一方、しほの方はまだ物足りないようだ。

俺の胸に顔をうずめて、それから両手と両足を絡ませるように抱き着いてくる。

本当に抱き枕になった気分だ。

「ずっとずっと、こうしてみたかった。毎晩、あなたをこうやって抱きしめていられたら
――きっと幸せでたまらないわ」

「うん。本当に、幸せなことだと思う」

まだ高校生だから一緒に暮らすには早すぎる。

でも、最愛の人が近くにいる喜びは、やっぱりかけがえのないものだった。

「うふふ♪　ダメね、我慢してもニヤニヤしちゃってだらしない顔になっちゃうわ……真っ暗で良かった」

「えー？　だらしない顔も見たいけどなぁ」

「ダメよ。幸太郎くんにはかわいいって思われたいもの」

「しほはいつもかわいいよ」

「……ああもう、大好きっ」

更に強く、彼女が俺を抱きしめる。

タコみたいに絡みつかれていてなんだか面白い体勢だ。

かわいらしい彼女の仕草が、更に俺の鼓動を加速させる。

愛しさがこみあげてきて、彼女を手放したくなくなってしまった。

「大好きなのは俺も負けてないよ」

「あら？　わたしに勝てるとでも？」

「もちろん。だって、ほら……」

深夜。大好きな人と一緒に寝ている状態で、俺の気持ちも昂《たかぶ》っているのだろう。

気持ちが抑えきれなくて──気付いた時には、彼女にキスをしていた。

「んっ」

熱くてとろけるような感触は、何度体験しても決して慣れなくて……同時に、何度でも感じたくなるような中毒性があった。

唇を重ねるたびに、彼女への気持ちが確認できる。

大好きなんだなって、心の奥底から愛情があふれてくる。

「……引き分けにしてあげるわ」

数秒のキスの後。

しほは甘えるように耳元でそう囁《ささや》いた。

舌ったらずな声に思わずほっぺたがニヤけてしまう。

彼女の言う通り、真っ暗で良かった……こんなだらしない顔は見せられない。

「二人とも勝ちってことでもいいんじゃない？」

「それもありね。二人とも負けでもいいわ」

「どっちでもいっか。とにかく、しほが大好きってことで」

「わたしも、幸太郎くんが大好きってことでいいわね」

第三者が聞いていたら恥ずかしくて仕方ない会話かもしれない。

でも、二人とも気持ちが抑えきれないからどうしようもなかった。

光がないからお互いの顔は見えない。でも、そのおかげでお互いの感触がより強調されていた。

とろけるような感触だった。

熱くて、ふわふわで、甘くて……ずっとこの感覚に浸っていたいような心地好さから離れられない。

しばらく、俺もしほも動くことができなかった。

「幸太郎くん？　これからもずっと、そばにいてね？」

「もちろん。しほが隣にいさせてくれるなら」

「高校を卒業しても……大学生になっても……大人になっても、ずっとよ？」

「約束する。大人になって、おじさんになって、おじいちゃんになっても……そばにいる」

もう、しほがいない生活は考えられない。

俺はそれくらい、しほのことが大好きなのだから。

「えっと、こういう時ってなんて言うんだっけ？　……そうだ！　『ふつつかものですけど、よろしくお願いします』で当たってる？」

「まぁ、だいたい当たってるよ」

間違いではない。ただ、ちょっと気が早いかもしれないだけで。

まぁ、どうせ結果は同じかもしれないから、別にいいのか。

「これからも大好きだよ、しほ」

「ずっとずっと大好きよ、幸太郎くん」

そうやって、お互いに最愛の気持ちを伝えあっていたら……いつしか二人とも、何も言わなくなった。
意識が、溶けていく。
夢の世界にまどろんでいく。
ずっとずっと、抱きしめ合ったまま。
お互いに、お互いを手放さないまま。
幸せという心地好い感触に浸りながら……俺としほは、眠りにつくのだった――。

【完】

エンドロール 数年後の二人

まるで、童話に出てくるお姫様のような。

そう形容しても違和感のない花嫁が、そこにはいた。

白銀の髪の毛も、サファイア色の瞳も、透明感のある肌も、全てが純白のウェディングドレスによく似合っている。

これで笑顔なら、絵にかいたような理想の花嫁と表現できるのだが……しかしその顔には、冷たい無表情が張り付いていた。

「…………」

控室。もうじき式が始まるので待機しているこの時間、花嫁である彼女は急な緊張を覚えていた。

（だ、大丈夫かしら……？）

顔が強張ってうまく笑えない。

そのことに不安を覚えて、姿見の前で無表情の自分を凝視していた時のこと。

「失礼しまーす……わぁ、綺麗だわ！」

ノックもせずにおかっぱ頭の女性が控室に入ってきた。

花嫁衣裳を見て、彼女はキラキラと目を輝かせていた。

「おねーちゃん、よく似合ってるよっ」

そんな彼女に声をかけられて、新婦は無意識にこんなことを言っていた。

「まごにもいしょう、というやつね」

「え？　あ、うん。まごにもいしょーだね！」

馬子にも衣裳ということわざは、決してこの状況で使う表現ではない。

だが、この場において誰もその指摘をできる者はいない。二人とも国語は苦手だったので間違えていることにすら気付いていなかった。

「やっぱりおねーちゃんって見た日はいいよねっ。中身はポンコツだけど」

「ポンコツじゃないわ。失礼ね……ミスが多いだけよ」

「……黙ってたらただの美人さんなのになぁ」

現実味を帯びない美を有する花嫁は、しかし特定の人物がそばにいる時だけ親しみやすいポンコツ少女へと変貌する。

そのことを残念に思っているのか、おかっぱ頭の女性はため息をこぼしていた。

「あ、そろそろ入場の時間だっ。おねーちゃん、会場で待ってるね」

「ええ。ありがとう……ねぇ、もしかして心配で様子を見に来てくれたの？」

「べ、べつにそんなんじゃないもん！」

と、照れ隠しにツンとした少女はそのまま控室から出て行ってしまった。

そんな彼女の後ろ姿を眺めながら、花嫁は小さく頬を緩めた。

（高校生の頃は、絶対に『おねーちゃん』って呼んでくれなかったのに……かわいい妹ができて幸せだわ）

出会った当初はツインテールであどけなかった少女も、成長して大人になっている。

親友だった彼女とついに身内になれるのだと思って、花嫁は喜んでいた。

おかげで緊張も緩み、先程は強張っていた表情が柔らかくなった。

醸し出ていた冷たさも今はなくなり、とても親しみやすい顔つきになっている。

さすが、彼の義妹だ。少しオシャベリしただけでリラックスさせてくれる存在感の緩さは、大好きな彼の親縁者が有する性質である。

かつては、他人を警戒して緊張してばかりで、息苦しい日々を送っていた。

しかし、彼のおかげで彼女は他人に心を許せるようになり、毎日が楽しくなった。

「……うふふ♪」

ふと、姿見に映る自分を見て、彼女は思わず笑ってしまった。

自分でも、あまりにも幸せそうな表情をしていると思ったのだ。

見ている人が自然と祝福したくなるような素敵な花嫁姿。それが自分なのだと思うと、嬉しかった。

（早く、彼に会いたいなぁ）

最愛の彼にはまだウェディングドレス姿を見せていない。

どんな反応をしてくれるのか、想像しただけで心が躍った。

……もう、緊張はしていない。

むしろ本番が楽しみになっていて、彼女はワクワクしていた。

高校生の頃に出会って以来、結婚して夫婦になるという妄想は常々してきた。

大好きな彼と生活を……いや、人生を共にすることを夢に見ていたのである。

その願いが今日、ついに叶う。

二人にとって特別な一日だ。緊張しているのはもったいないだろう。

「そろそろ入場のお時間です。準備はよろしいでしょうか？」

「あ、はい！　わかりましたっ」

そしてようやく、その瞬間が訪れた。

案内に従って控室を出て、ドレスのすそを踏まないようにゆっくりと歩みを進める。

式場へ繋がる扉の前にはすでに彼が到着していた。

「ダーリンっ」

大好きな男性を見て、つい我慢できずに早足になった。

もうこの距離なら転んでも彼が支えてくれる。そう信じているのか、その足取りに迷いはない。

「……その呼び方はまだ恥ずかしいなぁ」

一方、新郎側の彼は新しい愛称に慣れていないようで、照れくさそうに頬をかいていた。

あまりにも恥ずかしいのか、顔が真っ赤である。

「恥ずかしがるダーリンもかわいいわ♪」

「いやいや。しぃちゃんの方がかわいいよ……ウェディングドレス、似合ってるね」

……いや、顔が赤いのは新婦のドレス姿を見ているせいである。

つい先日、二十五歳を迎えた二人は決して子供と呼べる年齢ではない。

しかしそれでも、まだまだ初々しい反応をしてくれる新郎と、それを見て喜ぶ新婦は、
まさにお似合いの二人だった。

『結婚披露宴』

この日が来ることを、どんなに待ち望んでいたことか。

両者が喜びと幸せに満ち溢れていることは、表情は見れば一目瞭然である。

「新郎新婦、入場です」

式場のアナウンスと同時、扉が開かれる。

その瞬間、新婦が新郎に向かって手を差し伸べた。

「ダーリン、早くっ」

もう待てないと言わんばかりに、歩き出そうとしている新婦。

新郎はそれを見て優しく微笑んで、そっと彼女の手を握った。

「うん、行こう」

「ええ。行きましょう！」

手を繋いで、二人はヴァージンロードに足を踏み入れた。

赤い絨毯の上をゆっくりと歩く。同時に、会場に拍手が響き渡った。

誰もが二人を祝福していた。

新婦の父であるふくよかな男性は嬉しさのあまり泣いていた。

新婦の母はその隣で優しく新婦を見守っている。

いつも不愛想な白髪の老翁も、この日は新婦の父と同じくらい泣いていて。

普段は冷静で落ち着いているピンク髪の女性も、感極まった表情で二人の幸せを喜んでいた。

不器用な愛を向けることしかできなかった新郎の母は、珍しく笑顔を浮かべていて。

保護者として常に新郎を見守っていたメイド服の女性は、酒瓶を片手に酔っぱらっていた。

新郎の義妹であり、新婦の親友である少女は歩いてくる二人を見つめて、満面の笑みを浮かべている。一生懸命拍手をしているその姿からは、祝福の感情が痛いほどに伝わってきた。

それから、会場の隅……目立たない場所には、新郎の幼馴染である黒髪巨乳の女性と、金髪で赤メガネをかけた女性もいて。

二人の隣には、清々しい表情で新郎と新婦を見つめる元主人公もいた。

大勢の観客に見守られながら、二人は壇上へと上がる。

ステンドグラスの下。神父の言葉に耳を傾けながらも、二人の目はずっとお互いを見つめたままだった。

「それでは、新郎新婦のお二人……病める時も健やかな時も、お互いを愛し、敬い、慈しむことを誓いますか？」

「「誓います」」

そして、二人は夫婦となる。

過去も、現在も、未来も。

かつて約束した通りに……二人は人生を一緒に歩むことになるだろう。

その人生はきっと、今日のように幸せに満ち溢れていることを約束しよう。


たとえば、この世界が『物語』だとするならば。

新郎と新婦のラブコメは、大円団を迎えたと言っていいだろう。

ほとんどの登場人物が二人を祝福していた。

もう、新郎と新婦のラブコメに続きはない。ここから先のプロットが作られることも、残念ながらないだろう。

しかし、二人の人生はまだまだ続く。

この物語を読んだあなたの心の中で、ずっと。

これからも永遠に、紡がれていくのだから――。

霜月さんはモブが好き

あとがき

霜月さんはモブが好きを、お読みくださりありがとうございます！

作者の八神鏡です。四巻まではあとがきが短く、ご挨拶しかできなかったのですが、今回は無理を言って長めにさせていただきました。

少し長くなりますが、お読みいただけますと嬉しいです！


本作品は僕にとってかけがえのない一作になりました。

もちろん、過去の作品も宝物ではありますが……全てにおいて『打ち切り』という形の終わりしか与えてあげられなかったので、やっぱり後悔と罪悪感は残っていたのです。

だからこそ、綺麗に終わらせてあげられた『霜月さんはモブが好き』は、幸せな一作にしてあげられたと思います。

幸太郎としほちゃんの物語を、ちゃんと終わらせてあげられたこと。

これから始まる人生を、読者様の想像に委ねることができたこと。

それらが本当に嬉しいです。我が子の巣立ちを見守るかのような寂しさもありますが、やってあげられることはすべてやってあげられました。

実は僕、小説家のデビューは八神鏡という名義なのですが、それから四年ほどは別の名義で作家活動をしておりました。運良くライトノベルの新人賞を受賞できて、レーベルから何作か出版していたのです。

しかし、前述のとおり全てが打ち切りで終わり、続刊を出そうにも結果を出せなかったせいなのか企画会議すら通ることなく、一年以上文章を書くことができない時期がありました。

挫折しかけたのもこの頃です。

それでもやっぱり、文章を書くことは大好きでした。

作家として生きていく夢がどうしても諦めきれなくて、そんな最中に書いた作品が『霜月さんはモブが好き』だったりします。

本作品は、僕の作家人生を救ってくれた作品になってくれたのです。

自分なんかダメなんだと、そう思っていた時期に、救われたいと思って描いたヒロイン象が『しほちゃん』です。

僕が挫折して、苦しんで、それでも足掻いたおかげで本作品が生まれたと思います……

この作品のおかげで、僕の今までの作家人生が報われました。

だからこそ、僕にとって『霜月さんはモブが好き』はとても大切な一作となりました。

恐らくこの先、これ以上に愛せる作品を書くことはできないと思います。

そう思えるくらいの作品を書くことができて、作家としても僕は本当に幸せでした。

これもすべて、携わってくれた皆様のおかげです。


以下、謝辞となります。

担当編集様。この作品を見つけてくださりありがとうございます。しほちゃんのかわいさを世に出すことができたのは、担当編集様のおかげです。僕の人間的な未熟さでご迷惑をおかけすることも多かったのですが、最後までお付き合いくださり本当にありがとうございました！

イラストのＲｏｈａ様。お忙しい中、本作品のイラストを引き受けてくださって嬉しかったです。しほちゃんをかわいく描いてくれて本当にありがとうございます！

コミック担当者の皆様。独白が多く、構成も難しい本作品を綺麗にまとめてくださりありがとうございます！　これからは原作者と言うよりは、ファンに近い視点で作品を楽しませていただきます。どうぞ、本作品をよろしくお願いいたします。

ＧＣＮ文庫様。五巻まで出版させていただけたこと、心より感謝しております。ここまで書かせていただけたことはもちろん、作品を大切にしてくださっていたことも、痛いほどに感じております。霜月さんはモブが好きが、ＧＣＮ文庫様から出版できたことを、何よりも幸せに思います。本当にありがとうございます！

そして、読んでくださった皆様。

今までのあとがきでも同じことを言っているのですが、やっぱり本作品が世に出せたことは皆様のおかげです。応援してくださることが、僕にとっては元気の源でした。

作家として一番の悦びを感じる瞬間は、印税をいただく時でもなく、自作のキャラがイラスト化する時でもなく、書籍化する時でもないです。

作品を読んでくれることこそ、作家として一番の快楽です。

その上、面白いというお言葉をいただけた時には、これ以上の悦びはありません。

この感覚が忘れられなくて、どんなに苦しくても僕は作家を続けてきました。

本当に、本当に、本当に、ありがとうございました！

作家として、これ以上の幸せはもう二度と味わえないんだろうなぁ。

もちろん作家をやめるつもりはないのですが……一筋縄ではいかないと思います。精一杯足掻きたいと思います！

それでは、名残惜しいですがそろそろ失礼いたします。

改めて、本当にありがとうございました！

またどこかで会えることを、願って。

八神鏡

あの日変わった
少年《モブ》の運命――
――捕まえたっ
二人の始まりの物語を

もう一度
コミカライズで——
霜月さんはモブが好き
～人見知りな彼女は俺にだけデレ甘い～
コミックス２巻
2024年初旬発売予定

ファンレター、作品のご感想をお待ちしています!

【宛先】
〒104-0041
東京都中央区新富1-3-7　ヨドコウビル
株式会社マイクロマガジン社
GCN文庫編集部

八神鏡先生 係
Roha先生 係

【アンケートのお願い】

右の二次元バーコードまたは
URL (https://micromagazine.co.jp/me/) を
ご利用の上、本書に関するアンケートにご協力ください。
■スマートフォンにも対応しています (一部対応していない機種もあります)。
■サイトへのアクセス、登録・メール送信の際の通信費はご負担ください。

本書はWEBに掲載されていた物語を、加筆修正のうえ文庫化したものです。
この物語はフィクションであり、実在の人物、団体、地名などとは一切関係ありません。

GCN文庫

霜月《しもつき》さんはモブが好《す》き⑤

2023年11月26日　初版発行

著者　八神鏡《やがみかがみ》

イラスト　Roha《ろは》

発行人　子安喜美子

装丁　山﨑健太郎（NO DESIGN）
DTP／校閲　株式会社鷗来堂

印刷所　株式会社エデュプレス

発行　株式会社マイクロマガジン社
〒104-0041　東京都中央区新富1-3-7　ヨドコウビル
［販売部］TEL 03-3206-1641／FAX 03-3551-1208
［編集部］TEL 03-3551-9563／FAX 03-3551-9565
https://micromagazine.co.jp/

ISBN978-4-86716-481-5 C0193

「美人でお金持ちの彼女が欲しい」と言ったら、ワケあり女子がやってきた件。
モンスターの肉を食っていたら王位に就いた件
クラスメイトの元アイドルが、とにかく挙動不審なんです。
魔女と傭兵
恋も青春も、ファンタジーも。
GCN文庫
最新情報はコチラ!
https://gcnovels.jp/gcnb
「人斬り」少女、公爵令嬢の護衛になる
放課後の迷宮冒険者
～日本と異世界を行き来できるようになった僕はレベルアップに勤しみます～
世界で一番「可愛い」雨宮さん、二番目は俺。
ハブられルーン使いの異世界冒険譚
'23年12月発売!
毎月20日頃発売